casablancagirl

Van Gonneke Huizing verscheen eerder in de Life-reeks:

4 Love

Vakantievriendinnen

Verboden te zoenen

Babylove

www.gonnekehuizing.nl

www.uitgeverijholland.nl

GONNEKE
HUIZING

Casablanca girl

Life

Proloog

Langzaam stroomt de rechtszaal vol. Ik ben zó zenuwachtig als ik nog nooit eerder geweest ben. Ik bijt op mijn lippen en wens dat het voorbij is. Zenuwachtig grijp ik naar het medaillon om mijn hals. Het helpt, een beetje.

Een warme hand raakt de mijne aan. 'Het komt goed,' zegt Mara. 'Als dit voorbij is, kun je echt naar de toekomst kijken. Je moet nu door de zure appel heen bijten, meisje.'

'Ik weet het.'

'Denk aan Sarai, denk aan je droom,' zegt Mara.

'Ja.'

Sarai mijn liefste schat, mijn alles.

Mijn droom... ik ben druk bezig hem te realiseren. Aan het einde van mijn eerste jaar zei mijn stagebegeleidster dat ik geknipt was voor dit beroep. En nu is het tweede jaar net gestart en ik verheug me erop. Wat ook super is, is dat ik een verblijfsvergunning heb gekregen, in elk geval totdat ik klaar ben met mijn opleiding. Allemaal goede dingen in mijn leven.

Mijn mobiel geeft aan dat ik een berichtje heb. Ik kijk. Het is van Hasna en ze wenst me veel sterkte.

Een poos geleden heb ik de moed gevonden om contact met haar te zoeken. Ze was eerst stomverbaasd dat ik in Nederland was en daarna razend enthousiast. Ze kwam bij me op bezoek en toen we elkaar zagen vielen alle jaren die we elkaar niet gezien hadden, zomaar weg. Ze was

geschokt door alles wat er met me was gebeurd, maar ze steunde me
en ook bij haar ouders ben ik welkom.

Ik kijk de zaal rond. Er zijn verschillende jonge meiden. Eén herken ik
uit de periode in Amsterdam. Ze heeft het dus toch aangedurfd. Ik
zwaai onopvallend en ze zwaait terug. Ze lacht even. Het is een pijnlijk
lachje, maar er gaat een onverwachte steun vanuit. Als zij durft, dan
ik ook.

En dan wordt Nicolas voorgeleid.

Mijn God, wat haat ik die man...

Nederland

Vannacht ben ik bevallen van een meisje. Sarai noem ik haar, dat betekent prinses.

De bevalling duurde eindeloos lang en was heftig, zwaar en pijnlijk, maar andere dingen zijn pijnlijker. Vervelend is wel dat ik zoveel bloed verloren heb, dat ik hier minstens vijf dagen moet blijven.

Sarai weegt vijf pond, is achtenveertig centimeter lang en heeft zwarte haartjes. Ik vind haar lief, de allerliefste. Zij is het beste wat me sinds lange tijd is overkomen. Toen ik haar zag, was ik meteen verliefd, net zo verliefd als toen, maar zij zal me géén pijn doen, zo'n klein onschuldig mensje, en ik zal ervoor zorgen dat niemand háár pijn zal doen. Nooit ofte nimmer. Het zal mijn dochter aan niets ontbreken. Dat zweer ik.

Alle babyspulletjes heb ik inmiddels. Dat hebben zij geregeld. Ze hebben voor alles gezorgd. Ze zorgden ervoor dat ik naar alle controles ging, ze zorgden ervoor dat er een ledikantje kwam, luiers en kleertjes, flesjes en ook een knuffeltje. Dat ligt hier nu in mijn bed. Het is een klein bruin aapje met droevige oogjes. Toen ze ermee aankwamen, vond ik 'm meteen lief. Hij zag er zo zielig uit met die oogjes, dat ik besloot om hem bij me te houden. In mijn bed, in mijn tas en zelfs onder mijn trui, af en toe. Nu is het voor Sarai. Ik zal het straks in haar bedje zetten.

Ze richtten een hoekje van mijn kamer in voor de baby. Dat ledikantje dus en ook een commode. Ze stimuleerden me om de commode te verven, want het was een lelijk, oud ding, dat ze tweedehands op de kop hadden getikt. Ik verfde hem zachtroze met wit en het ledikantje verfde ik wit met zachtroze.

'Hoe moet dat nou als het een jongen wordt?' vroegen ze.

Maar ik wist zeker, vanaf het moment dat ik besefte dat ik zwanger was, dat het kindje in mijn buik een meisje was.

Mijn kleine meisje. Mijn Sarai. Ik wil dat zij gelukkig wordt.

Zou mam dat ook gedacht hebben, toen ik geboren werd? Ja natuurlijk heeft ze dat gedacht, dat weet ik eigenlijk wel zeker. Dat voel ik. Lieve mam. Ik pak het medaillon dat naast me op het nachtkastje ligt. Bij de bevalling moest het af, maar nu doe ik het weer om. Zo zijn pap en mam toch heel dicht bij me. Dat het misliep, was niet mams schuld.

Het maakt me bang. Stel dat het voor Sarai ook misloopt. Dat zou ik niet kunnen verdragen. De duisternis in mijn kamer drukt opeens zwaar op me. Ik draai me met mijn gezicht naar de deur en houd mijn ogen gericht op het licht dat vanuit de gang naar binnen schijnt.

Ik schrik wakker uit een onrustige slaap. De verpleegster die er ook was bij de bevalling, staat naast m'n bed met Sarai in haar armen. 'Ze heeft honger!' De verpleegster legt Sarai op mijn buik. 'Je moet haar voeden.'

Ik zeg niets en denk aan de flesjes die ze gekocht hebben. Ik had gezegd dat de baby niet uit mijn borsten mocht drinken. Melk uit de borst is niet goed, zei Soraya.

Voor ik door heb wat er gebeurt, heeft de verpleegster mijn shirt al omhoog getrokken en Sarai tegen me aangelegd.

'Nee! Dat is niet goed. Dan wordt de baby ziek,' zeg ik.

Ik kijk naar het kleine mondje dat wanhopig happend zoekt.

'Dat is wél goed,' zegt de verpleegster. 'Heus, geloof me maar.' Ik voel haar warme hand die mijn borst zachtjes vastpakt en naar het happende mondje leidt. Ik huiver als Sarais lippen zich om mijn tepel sluiten en even voel ik me intens gelukkig. Dat lieve kleine meisje en ik. Ik en dat lieve kleine meisje. Wij samen, met z'n tweeën.

De verpleegster trekt een stoel onder mijn bed vandaan en gaat zitten. Ze zegt niks. Daar ben ik blij om, want ze kletsen me vaak de oren van mijn hoofd en dan willen ze dat ik iets terugzeg. Ik praat liever niet zoveel en al helemaal niet over alles wat er gebeurd is.

Ik kijk naar de zwarte haartjes van Sarai, naar haar dichtgeknepen oogjes (slaapt ze?) naar haar fijne, gerimpelde neusje en naar haar wangetje.

Daarna kijk ik naar de vrouw op de stoel naast mijn bed. Ze heeft lieve ogen, dat had ik vannacht ook al gezien en haar rustige aanwezigheid bij de bevalling maakte dat ik me kon ontspannen, net zoals vroeger in een heel ander leven waarin mam maakte dat ik me prettig voelde.

Als de verpleegster naar me glimlacht, lach ik tot mijn eigen verbazing terug. Niet dat ik nooit lach, maar de afgelopen maanden was er bepaald niet veel te lachen... en nu deze vrouw maakt die lach zomaar in me los.

'Kijk eens naar je dochter,' zegt ze.

Ik kijk en ik zie hoe Sarai mij aankijkt.

'Nou, nou, dat zie je bijna nooit, dat een baby al vanaf het eerste moment gericht kijkt. Jouw dochter is een bijzonder meisje.' Ze legt haar hand op mijn arm. 'En jij ook.'

Die hand op mijn arm. Die lieve ogen en die zachte stem. Ze maken de koude klomp in mijn borst een beetje minder koud. Zijn er dan toch mensen die mij echt kunnen zien?

Natuurlijk, de mensen van het opvanghuis doen ook hun best om mij te zien. Ze praten met mij en ze vragen me van alles, maar ze zien niet dat ik niet kán praten. Ja, ik kan natuurlijk wél praten en dat doe ik ook heus zo af en toe, maar ze willen dat ik praat over hoe ik me voel en zo. Wat heeft het voor zin om stil te blijven staan bij wat is gebeurd? Veel liever kijk ik vooruit. Maar zij zeggen dat je pas echt goed vooruit kan kijken als je je shit onder ogen durft te zien.

De verpleegster draait Sarai om zodat ze ook uit mijn andere borst kan drinken. Ze strijkt mijn haar dat als een gordijntje over Sarai's hoofdje valt voorzichtig naar achteren.

'Hoe heet je?' vraag ik.

'Mara.'

Ik knik. Mara is een mooie naam. Een goede naam. Een lieve naam.

'Waarom denk je dat moedermelk niet goed is?' vraagt ze.

'Mijn moeder...' begin ik, maar ik stop. Het is een chaos in mijn hoofd. Ik weet het niet meer.

'Misschien was je moeder ziek en kreeg ze medicijnen. Of misschien dronk ze. Dan is moedermelk inderdaad niet goed.'

Ik denk aan mam. Ik denk aan Nordin. Nordin die mam elke dag minimaal één poeder per dag gaf. Is Nora daarom...?

Al drinkend valt Sarai in slaap, haar gezichtje tegen mijn borst gedrukt. Zó lief, zó onbeschrijflijk lief. Ik ga er alles aan doen om ervoor te zorgen dat zij het goed krijgt.

Het is nacht, de laatste nacht van de vijf die ik hier in het ziekenhuis moest blijven. Sarai ligt naast me in haar bedje. 's Nachts komen de piekergedachten en bangigheden. Meer dan ooit denk ik terug aan Sarais vader. Hoe zou hij het vinden om een dochter te hebben?

En dan de rechtszaak, hoe zal die zijn? Zal Nicolas veroordeeld worden? En als hij niet veroordeeld wordt, komt hij dan wraak nemen? Een golf van misselijkheid slaat over me heen. Ik wil hier dolgraag blijven, maar misschien moet ik dan verder. Ik wil niet voortdurend over mijn schouder hoeven kijken. Maar waar moet ik heen? Niet terug naar Marokko, dat zeker niet. Ik woel heen en weer en mijn dek valt op de grond. Ik laat me uit bed glijden, raap het op en spreid het weer over mijn bed.

Over een aantal uren komen ze me halen om naar huis te gaan. Nou ja, naar huis, naar waar ik woon bedoel ik. Nu alweer bijna een half jaar. Ik woon er met zeven andere meiden. Ik ben de jongste. En ik heb een kind. Godzijdank is ze gezond. Zij en ik, we hebben het overleefd.

Sarai maakt zachte piepende geluidjes. Het doet me denken aan de geluidjes die mijn kleine zusje op het laatst maakte.

Ongerust loop ik de twee stappen naar het bedje naast me. Sarai is wakker. Ik pak haar voorzichtig op en ga met haar in mijn armen terug in bed. Ze is meteen stil en hapt gretig in het rond.

Ik aarzel even, maar dan doe ik mijn shirt omhoog en Sarai heeft in een mum van tijd mijn borst gevonden.

Mam gaf Nora ook de borst.

Casablanca, een jaar eerder

'Je neemt haar mee!' Mams stem klinkt moe. 'Met een kind op je rug, betalen de mensen je eerder een keer iets extra's, dat weet je.'

'Jij hebt geen zin in dat gekrijs!' Ik ben echt boos.

Sinds Nora, alweer meer dan een half jaar geleden, uit mijn moeder gefloept is, huilt ze, schreeuw ze, krijst ze. Behalve als ze net de borst heeft gehad. Dán is ze rustig.

'We hebben het zo afgesproken met Nordin, dat weet je.'

'Nordin,' zeg ik minachtend.

Nordin is de zogenaamde vriend van mijn moeder. Hij is de meest afschuwelijke man die ik ken, maar mam krijgt geld van hem. Soms. Meestal krijgt ze een poedertje. Ik haat Nordin. Ik haat hem uit het diepst van mijn hart én ik ben bang voor hem. Vooral als hij zijn arm om me heen slaat en me een kus in mijn nek geeft.

'Habibtie,' fluistert hij dan in mijn oor. Mijn schatje. 'Nog even en ik ga goud aan je verdienen. Habibtie, er zal veel vraag naar je zijn. Nu al, maar ik wacht nog even af, tot je op je allermooist bent. Je moeder verzet zich, maar dat duurt niet lang meer.'

Ik huiver. Ik weet wat hij bedoelt. Ik weet ook dat mam het niet wil én dat ze dat niet lang meer volhoudt.

'Nooit!' sis ik.

Hij lacht. 'Habibtie,' fluistert hij nog een keer.

O, wat walg ik van hem. Van zijn stem, van zijn zweterige arm en van de stank van zijn rottende gebit. Van de cadeautjes die hij in het begin voor me meenam om me te paaien. Een lippenstift of iets lekkers. Ik gooide het weg zodra hij zijn hielen had gelicht. Een keer verscheurde ik voor zijn ogen een kanten lingeriesetje dat hij voor me meenam. Hij was razend en gaf me een klap in mijn gezicht. Het was dat mam ertussen sprong, anders had hij me bont en blauw geslagen. Sindsdien geeft hij me niks meer.

Nordin wil dat die krijsende baby overdag bij mam weg is. Hij wordt gek van dat gejank, maar dat is niet de belangrijkste reden. Een huilende baby is slecht voor de klandizie. Elke dag neemt hij mijn moeder mee en dan moet ze voor hem werken. Maar de klanten willen geen vrouw met een baby en al helemaal geen huilende baby.

'Maak het nou niet moeilijker dan het al is.' Mams stem klinkt alsof ze elk moment kan gaan huilen.

Ik zeg niets meer. Als mam begint te huilen, moet ik zelf ook huilen.

Mam helpt me om Nora op mijn rug te binden. Een klein meisje, zo stijf als een plank. Ze weegt bijna niets.

'Waarom jammert dat kind toch steeds zo?' vraag ik bijna wanhopig. 'Waarom slaapt ze bijna niet? Waarom zweet ze zo? Waarom...'

'Vraag niet zoveel. Dat wordt vanzelf beter als ze niet meer bij me drinkt,' zegt mam. 'Zorg ervoor dat je goed verkoopt, maar dat zal wel lukken want het is warm.'

Met Nora op mijn rug strompel ik de berg af. We wonen, net als alle arme mensen, in een bidonville, een krottenwijk van Casablanca. Ons huis is een houten hok met een dak van golfplaat. Gelukkig is er wel elektriciteit, maar water moeten we buiten halen.

Toen pap nog leefde hadden we het beter. Pap werkte in de fabriek en hij was baas over een groepje arbeiders. We woonden in een flat in de buurt van de fabriek en hadden zelfs een douche! Toen was mam nog een gewone moeder. Ze maakte de flat schoon, kookte het eten en deed de was. Al die dingen die een moeder doet. En vijf keer in de week maakte ze schoon in een groot huis met een zwembad. Heel soms, als de familie van dat grote huis een weekendje weg was, gingen wij daar zwemmen. Pap, mam en ik. Dat mocht van die rijke mensen. Dan zwommen we en picknickten aan de rand van het zwembad. Soms was Salim er ook met zijn gezin. Salim, het manusje van alles. Hij was chauffeur, tuinman en hoofd van het personeel tegelijk.

Pap maakte grapjes en wij lachten. Mam ook. Terwijl nu... ik kan me niet herinneren wanneer mam voor het laatst gelachen heeft. Niet dat ze wat te lachen heeft. Pap is alweer drie jaar dood. Een bedrijfsongeval, zeiden z'n maten, en de directeur van de fabriek betaalde ons drie maanden salaris door, maar daarna...

Ik hoor dat Nora piepend begint te ademen. Dat is altijd door de combinatie van huilen en zon. Die brandt genadeloos op mijn hoofd en op dat van Nora natuurlijk. Gelukkig mag ik Nora straks in de schaduw van het ijskarretje van Soraya neerleggen.

'Hé, meid, je bent mooi op tijd!' Soraya glimlacht. Ze is een dikke vrouw met een prachtige lach.

'Geef Nora maar aan mij.' Ze pakt de baby van mijn rug. Mijn halfzusje is nat van het zweet. Ze heeft donkere kringen onder haar ogen en ze hijgt een beetje, tussen de langgerekte snikken door.

Soraya maakt sussende geluidjes en wiegt de baby zachtjes heen en weer. Ik duw haar de speen van het flesje water in haar mond. Ze drinkt gretig en valt halverwege zowaar in slaap. Soraya legt haar in het kistje dat ze speciaal voor Nora heeft meegenomen en dat in de schaduw van het ijskarretje staat.

'Zo, en nu jij,' zegt ze en ze doet de ijsjes in de twee enorme koelboxen en hangt ze om mijn nek. De riem drukt pijnlijk in mijn nek en op mijn schouderbladen. Ik ben blij dat ik van Nora verlost ben. Ze weegt bijna niks, maar in combinatie met de twee koelboxen was het heftig, zó heftig dat Soraya dat kistje meenam. Een kistje met onderin een dekentje zodat Nora zacht ligt. Soraya is een schat. Nu ook weer.

'Hier, drink mijn cola maar op. Krijg je een beetje energie van!' Ze geeft me haar blikje. Dat doet ze vaker, haar blikje cola delen met mij. Meestal zitten er nog een paar slokken in, maar dit keer is hij nog voor ongeveer de helft vol.

Ik laat de riem van mijn schouders glijden en probeer ze een beetje los te schudden. Ik voel nu al de verkramping in mijn nek en schouderbladen. De cola is heerlijk koel en lest mijn dorst. Ik probeer er zolang mogelijk van te genieten, maar na de laatste slok moet ik er echt aan geloven. Ik schuif opnieuw de riem om mijn nek, werp nog een laatste blik op Nora en vertrek.

Het valt niet mee om over het strand te lopen. Mijn blote voeten zakken diep weg in het hete zand. Af en toe, als ik het gevoel heb dat mijn voetzolen in brand staan, koel ik ze in de lauwwarme zee.

'Ice for sale, ice for sale, des glaces à vente!' roep ik onafgebroken. 'IJsjes te koop.'

Voor alle mensen die te lui zijn om een eindje te lopen, denk ik er stiekem achteraan.

Frans en Engels spreek ik een beetje, want die talen heb ik op school gehad. Toen pap nog leefde, ging ik elke dag naar school. Dat vond hij belangrijk en ik vond het er fijn. Nadat pap gestorven was, bleef ik steeds vaker en vaker thuis om voor mam te zorgen, maar dan maakte ik extra huiswerk. Pas na de komst van Nordin ging ik helemaal niet meer naar school.

Hij leek zo aardig, maar toen hij mam eenmaal ingepalmd had, zagen we zijn ware aard. Mam moest voor hem aan het werk en werd zoet gehouden met poedertjes. En hij wilde niet alleen geld aan mam verdienen, maar ook aan mij. En mam zei wel tegen Nordin dat ik naar school moest, maar daar lachte hij alleen maar om. Ik kan nog steeds de machteloze woede van toen voelen.

Ik geef een harde ruk aan de band die om mijn nek knelt. Wacht maar, denk ik verbeten, maar ik weet zelf niet waarop. Wat ik wel weet, is dat ik niets kan beginnen tegen die walgelijke man. Ik heb me voorgenomen om weg te lopen, zodra Nordin mij hetzelfde werk wil laten doen als mam, maar kan ik mam en Nora in de steek laten? Aan dat dilemma wil ik niet denken.

'IJsjes te koop!' schreeuw ik.

Nederlands spreek ik ook een beetje, want toen we nog niet naar de bidonville verhuisd waren, kregen onze buren elke zomer hun familie uit Nederland op bezoek en Hasna, net zo oud als ik, was mijn vriendin. Elk jaar zes weken lang! We speelden met de poppen, maar ons lievelingsspelletje was schooltje spelen en Hasna leerde mij Nederlands en ik leerde haar Frans. En als we speelden spraken we óf Frans óf Nederlands want dan konden de andere kinderen ons niet verstaan. Als ze na de zomervakantie weer naar huis ging, waren we ontroostbaar.

Toen we wat ouder werden, hielden we contact via internet. Maar in de bidonville hebben we geen computer meer. Dat was zo'n beetje het eerste wat mam verkocht, toen na paps overlijden de geldzorgen kwamen. Heel soms ga ik naar het internetcafé, maar ik vertel Hasna natuurlijk niet wat er bij ons gebeurd is. Ik ben best jaloers op haar, want Hasna zit nu al in de vierde klas van de middelbare school. Zij...

Een hand op mijn arm doet me met een schok beseffen dat ik hier niet ben om te dagdromen, maar om te verkopen. Vanachter brillenglazen nemen twee ogen me onderzoekend op.

'Jij verkoopt ijsjes?' vraagt de jongen aarzelend.

Achter hem wordt er gegniffeld. Het is afkomstig van een grote groep jongens en meiden.

'Nee, ze verkoopt condooms!' roept er een. 'Zie je dat niet. IJsgekoelde!' Dat heeft een lachsalvo tot gevolg.

De jongen kijkt me een beetje hulpeloos aan. Hij heeft van die trouwe hondenogen. Echt een heel serieus type.

'Doe ons allemaal maar een ijsje!' roept een andere jongen. Hij heeft halflang haar in een staartje. 'Karim betaalt, hè, Karim?'

De jongen met de trouwe hondenogen knikt. 'Dat hadden we afgesproken.'

Ik deel snel de ijsjes uit. 'Neem er zelf ook een,' zegt de jongen met het staartje.

'Dat hoeft niet,' zeg ik.

'Nee, dat snap ik.' Hij lacht. 'Maar Karim hier, betaalt.'

Ik kijk naar Karim. Die knikt me toe.

'Goed dan,' zeg ik.

Karim duwt mij een ijsje in mijn hand en betaalt tegelijkertijd.

'Da's veel te veel,' zeg ik.

'Houd maar. Je kunt het vast wel gebruiken.'

De jongen met het staartje klopt naast zich op het zand. 'Kom even zitten.'

Het mag niet van Nordin, maar ik doe het toch en plof naast

hem neer. Vandaag is een goeie dag. Een cola en een waterijsje.

'Hoe heet je?' vraagt de jongen.

'Nadia. En jij?'

'Ali.'

We praten en hij is aardig, helemaal als hij na tien minuten roept dat hij iedereen op nóg een ijsje trakteert. Voor de tweede keer haal ik meer dan twintig ijsjes uit mijn koelbox. Mijn voorraad is met meer dan de helft geslonken.

'Heb je zin om vanavond met me uit te gaan?' vraagt hij.

'Dat mag ik niet,' antwoord ik.

'Van wie niet?'

'Van mijn stiefvader niet,' antwoord ik.

'Jammer,' zegt hij.

'Ja.' Ik sta op.

Karim springt overeind. 'Zal ik de koelboxen voor je dragen?'

De anderen lachen en fluiten. 'Die neef van me is zo galant,' spot Ali.

'Ehmm.' Mijn gedachten gaan vliegensvlug.

Van Nordin mag dit niet. Wat als Soraya ons ziet? Ze is aardig, maar ze werkt wél voor Nordin. Op Nora passen is nog tot daaraan toe, maar verzwijgen dat een van zijn werkneemsters met een jongen loopt... dat kan ze niet doen, want als Nordin dat merkt, raakt ze haar ijskar kwijt.

'Bedankt,' zeg ik met tegenzin. 'Ik doe het liever zelf.' Ik baal, want wat is die Karim aardig. Serieus, dat wel, maar hij ziet er zo betrouwbaar uit. Heel anders dan Ali, die lijkt me een echte player.

'Dan niet.' Karim laat zich weer op het zand vallen.

Ik kijk een beetje onzeker naar hem. Hij is toch niet boos?

Ali geeft me een knipoog.

Ik hijs de koelboxen omhoog. Ik kan goed merken dat ik al een boel van mijn vracht kwijt ben.

'Bye, bye!' Karim steekt zijn hand naar me op.

'Bye, bye,' zeg ik opgelucht.

Het duurt niet lang, of ik kan terug naar Soraya om nieuwe voorraad op te halen. Ik kijk even bij Nora, maar die slaapt nog steeds. Hoe kan het, denk ik bij mezelf. Zou er werkelijk een einde aan dat vreselijke huilen zijn gekomen?

Soraya is tevreden. 'Je werkt goed en snel!' zegt ze. 'Mensen kopen graag bij een mooi snoetje.'

Even later loop ik voor de tweede keer met volle koelboxen het kokende strand op.

Nederland

Als ik wakker word, is het buiten al licht. Sarai ligt op mijn buik.
Ze ligt zo stil, dat ik me een moment helemaal kapot schrik. Ze
is toch niet...

Ik raak haar hoofdje aan. Dat is niet koud. Ik aai vederlicht over
haar wangetje. Ze rimpelt haar neusje, geeuwt een keer en doet
haar oogjes open. Meteen begint ze weer happend te zoeken en
dus duw ik mijn borst in de richting van haar mondje. Ze heeft
meteen beet en zuigt krachtig.

Om zeven uur komt Mara binnen. Ik vind het fijn dat zij na drie
dagen vrij te zijn geweest, weer dienst heeft. Dat is wel gek eigenlijk, want ik ken haar nog maar nauwelijks.

Als ik Mara zie, weet ik zeker waarom ik zo hard leer. Voor mijn
droom, voor mijn droom verpleegster te worden in een groot
ziekenhuis en zieke mensen helpen beter te worden. Ik hoop zo
dat ik hier kan blijven. Marokko is niet goed voor een kind met
alleen een moeder. En over haar vader hoef ik me geen illusies
meer te maken.

'Sarai heeft vannacht dus de hele nacht op je buik geslapen,' zegt
Mara. 'Heel goed.'

Ik vraag me af hoe ze dat zo gauw weet.

'Ik las het in het rapport van de nachtdienst,' zegt ze. 'Doe je
Sarai in bad?'

Ze vult een emmer met water. De eerste keer dat Sarai in de

emmer ging, vond ik dat een beetje raar, maar Sarai vindt het fantastisch. Volgens Mara voelt baden in een emmer voor baby's zoals de veilige beschutting van de baarmoeder. Voorzichtig maak ik Sarais kleertjes los en trek ze uit. Ze ruikt naar plas, maar ik vind het niet vies. Ik zeep haar voorzichtig een beetje in. Mijn handen strelen zacht over haar kleine lijf en dan laat ik haar voorzichtig in de emmer zakken. Sarai spert haar ogen een moment wagenwijd open en begint dan verwoed op haar knuistje te sabbelen.

'Zie je hoe tevreden ze eruit ziet?' vraagt Mara.

Ik aai heel zacht over Sarais hoofdje. Ik weet dat de schedel nog niet helemaal is dichtgegroeid en dat je dus heel voorzichtig moet zijn.

Als ik haar uit het warme water til, begint ze te huilen. Ik schrik ervan en laat haar terug zakken. Meteen is ze stil en sabbelt weer op haar knuistje.

Mara lacht. 'Zo klein als ze is, ze weet wat ze wil.'

Ik maak heel voorzichtig kleine golfjes in het water door Sarai zachtjes op en neer te bewegen. Pas als het water afkoelt, haal ik haar eruit en leg haar op de handdoek.

'Rol haar er maar gauw in, anders koelt ze teveel af,' zegt Mara.

Ze kijkt hoe ik Sarai afdroog en een luier omdoe. Hoe ik haar haar rompertje met de roze roosjes aantrek, haar witte truitje en een zachtroze fluwelen broekje.

'Je bent er handig mee,' constateert Mara. 'Dit is niet de eerste keer dat je een baby verzorgt, toch?'

Ik schrik. Wat moet ik zeggen? Ik wil er niet over praten. Ik...

'Je hoeft niks te zeggen,' zegt Mara. 'Ik weet het. Ik kan het zien aan de manier waarop je je dochter vasthoudt. Het is goed, Nadia.'

Mijn naam uit haar mond te horen geeft me een geborgen gevoel. Een gevoel dat ik heel lang niet meer heb gehad, maar dat er was toen pap nog leefde.

Om negen uur komt de dokter langs die me geholpen heeft met de bevalling. Ze kwam op het allerlaatste moment omdat Sarai verkeerd lag en het de verloskundige niet lukte om haar te draaien.

Ze controleert mijn hechtingen. Ik heb er vier. Natuurlijk doet het pijn, veel pijn eigenlijk maar er zijn ergere dingen dan deze pijn.

Ze zegt dat ze me over vier weken terug wil zien voor een controle en duwt me een kaartje in de hand waarop de afspraak genoteerd staat. Dat zal ik wel aan Emma, mijn coach, geven. Zij komt me straks halen en neemt me mee terug naar het opvanghuis waar ik woon, in afwachting van de rechtszaak.

Als ik een paar uur later Mara een hand geef, knijpt alles in mijn lijf zich samen tot een pijnlijke bal, maar huilen doe ik niet, kan ik niet. Bovendien, wat stelt het nou helemaal voor, afscheid nemen van iemand die je amper een week kent! Mara's hand omvat stevig en zacht tegelijk de mijne.

'Ik kom jou en Sarai opzoeken,' belooft ze.

Op slag vloeit de pijn uit mijn lijf weg.

'Ja,' zeg ik. 'Ja.'

Emma kijkt verrast. 'Iemand die erin geslaagd is een gaatje in je cocon te maken?'

'Ze doet het goed met de baby,' zegt Mara tegen Emma.

'Fijn.' Emma raakt een moment mijn schouder aan.

Ik leg Sarai in de maxi cosi en dan gaan we.

Het is maar een klein eindje rijden. Ik zit achterin naast Sarai. Emma probeert een praatje met me aan te knopen. 'Ik hoorde dat je Sarai toch zelf de borst geeft.'

'Ja.'

'Dat is goed,' zegt ze.

'Ja,' zeg ik weer.

'Iedereen is erg benieuwd naar de baby.'

'Ze is van mij,' zeg ik onverwacht fel.

'Tuurlijk.' Emma kijkt even over haar schouder en knikt me toe.

'Tuurlijk. Maar de meeste meiden vinden zo'n kleintje lief.'

Het zal wel, als ze maar met hun vingers van haar afblijven. Het is niet goed voor een baby als iedereen eraan zit, dat weet ik wel zeker.

Ik kijk uit het raam. De weilanden zijn groen, wit met zwart gevlekte koeien staan in groepjes bij elkaar te grazen. De lucht is blauw met hier en daar wat wit erin en de zon schijnt. We komen langs weidse gele velden.

'Koolzaad,' zegt Emma.

Het platteland is mooi met al dat geel en groen en die prachtige blauwe lucht vol witte slierten. Heel anders dan Amsterdam, waar ik eerst woonde. En een wereld van verschil met Marokko!

Als de auto stopt, komen de andere meiden meteen naar buiten gestormd en verdringen zich om de auto.

'Rustig,' zegt Emma die als eerste uitstapt. 'Geef Nadia een beetje de ruimte.'

'Waarom?' schettert Aluna.

Ze is zeventien en komt uit Oeganda.

'Omdat ze dat nodig heeft,' legt Emma rustig uit. 'Jullie weten het, we respecteren altijd zoveel mogelijk ieders wensen en verlangens.'

Het is een van de regels van de instelling.

De meiden maken ruimte en ik doe het portier open. Als ik uitgestapt ben, vergeten ze wat Emma gezegd heeft en ze omhelzen me een voor een. Ach, ze zijn best lief, als ze maar van Sarai afblijven.

'Mag ik de baby dragen?' bedelt Aluna.

'Nee ik!' roept Masha. Het is opeens een gekibbel van jewelste.

Emma schudt haar hoofd. 'Een baby is geen pop, meiden. Ik snap dat jullie haar allemaal het liefst zouden knuffelen, maar dat kan niet.'

'Pfff, ik vind er eigenlijk ook niks aan, zo'n krijsende baby!' zegt Oni en ze draait zich hooghartig om.

Iedereen is op slag stil. Oni is negentien en ze zal nooit meer kinderen kunnen krijgen, zo erg is ze mishandeld door haar pooier, de eerste keer dat ze een vluchtpoging ondernam.

'Tja,' zegt Emma.

Ik haal de maxi cosi uit de auto. Sarai slaapt nog steeds. Nu al bijna vier uur achter elkaar. Het gaat toch wel goed met haar? Ik raak haar wangetje aan en ze trekt een rimpel in haar gezichtje. Dan wordt ze wakker. Ik haal opgelucht adem.

Casablanca

Als ik aan het einde van de middag terugkom bij Soraya, heeft ze Nora op schoot. Arme Nora, ze ziet er moe en gestrest uit én ze huilt weer.

'Ze is net wakker. Maak maar wat melk voor haar.' Soraya maakt sussende geluidjes tegen Nora.

Die lieve Soraya heeft, vanaf het moment dat ik Nora meeneem, voor een bus babymelkpoeder gezorgd.

'Jouw moeder heeft geen goede melk voor Nora,' zegt Soraya steeds.

Ik doe wat melkpoeder in haar flesje en giet er water bij. Even schudden en klaar. Ik geef het flesje aan Soraya.

'Dit is goede voeding!' zegt Soraya. 'Jouw moeder moet dit ook geven.'

'Dat gaat Nordin echt niet betalen,' zeg ik.

Soraya zucht.

Nora drinkt. Het kost haar moeite en ze hijgt. Ze heeft de fles nog niet half leeg of ze begint te spugen.

'Zeg straks tegen Nordin dat Nora een dokter nodig heeft,' zegt Soraya.

'Pffff, alsof Nordin naar mij luistert,' zeg ik schamper.

'Hij wil vast niet dat Nora doodgaat,' zegt Soraya.

'Doodgaat?' Ik schrik me te pletter.

'Ze loopt de kans uit te drogen,' zegt Soraya. 'Ga naar huis en zeg...'

'Ja, ja.' Ik heb opeens haast. Ik bind Nora op mijn rug vast en ga er vandoor. Naar huis.

Die nacht kan ik niet slapen. Ik luister naar Nora's ademhaling. Toen ik thuiskwam gaf mam haar meteen de borst en daar werd ze weer rustig van. 'Ze droogt niet uit,' zei mam. 'Ze drinkt nu toch? Je moet je niet zoveel zorgen maken.'
Ik snap eigenlijk niet goed wat Soraya bedoelt. Waarom is de melk van mam dan niet goed voor Nora?
Ik draai en ik woel.
Het is warm en benauwd, maar omdat Nordin vannacht hier ook slaapt, kan ik niks uitdoen. Het idee dat hij het gordijn opzij zou doen en me bijna bloot zou zien slapen... Ik moet er niet aan denken.
Hij was boos toen ik zei dat Nora naar een dokter moest. 'Denk jij dat het geld me op de rug groeit? Alle baby's hebben wel eens wat en dat gaat vanzelf over.'
'Maar Soraya...'
'Die heeft zelf geen eens kinderen,' had Nordin minachtend gezegd.
Het is echt een walgelijke man. Hij... Ho, stop. Ik wil niet aan hem denken. Veel liever denk ik aan Karim. Zo aardig dat hij zoveel ijsjes kocht en me wilde helpen. Zou hij morgen weer op het strand zijn?
Ik moet toch in slaap gevallen zijn, want ik schrik wakker van een langgerekt gegil. Ik lig verstijfd van angst.

Het gillen gaat over in een luid gejammer. Het is mam.

'Houd je kop!' De stem van Nordin klinkt hard. 'Niks aan te doen!'

Het gejammer verstomt. Er klinkt gestommel en ik hoor hoe Nordin weggaat. Het wordt weer stil. Ik blijf roerloos liggen luisteren. Mijn hart bonkt en mijn oren suizen. Als ik bijna weer in slaap ben gevallen, hoor ik een zacht gesnik. Ik laat me uit het bed glijden en schuif het gordijn opzij. In een paar stappen sta ik bij mams bed.

'Mam?' vraag ik. 'Mam, wat is er?'

'Nora,' snikt ze. 'Nora?'

Ik werp een blik in het mandje dat half onder het bed geschoven staat.

'Waar is ze?' vraag ik, half in paniek.

Mam snikt door.

'Mam!' Ik pak haar bij haar schouder en schud wild. 'Waar is Nora?'

'Dood! Ze is dood!'

Ik sta als versteend. Alles in mij is koud en hard. 'Waar is ze nu?'

'Nordin brengt haar weg.'

Ik slik. Ik draai me om, kruip in mijn bed en trek de deken over mijn hoofd. Zo blijf ik liggen totdat het licht wordt.

'Geef je haar de borst? Daar krijg je hangtieten van.' Masha staat met opgetrokken wenkbrauwen te kijken hoe ik Sarai voed.

'Nou en?' vraag ik.

'Dan willen de jongens je niet meer.'

Dat komt dan goed uit, denk ik bij mezelf, want ik hoef nooit, echt nooit meer een jongen, zelfs al lijken ze nog zo serieus en betrouwbaar, maar dat zeg ik niet.

'Ik ga mijn kinderen later nooit de borst geven, dus.' Masha gaat naast me zitten. 'Ik wil echt geen hangrieten.'

Ik zeg niets.

'Als ik hier weg ben,' gaat Masha verder, 'wil ik een echt leuke jongen en dan...'

'Leuke jongens bestaan niet,' onderbreek ik haar.

'Tuurlijk wel,' zegt Masha. 'Je moet alleen een beetje geluk hebben.'

Ik kijk haar schamper aan. 'Geluk is er niet voor ons.'

'O nee? En dat dan?' Masha aait Sarai even over haar wangetje. 'Is dat voor jou geen geluk?'

Ik zwijg. Masha heeft gelijk. Sarai is het grootste geluk dat je kunt bedenken.

'Oké, oké, je hebt gelijk,' zeg ik. 'Maar...'

'Dat dacht ik.' Masha kijkt tevreden. 'Hoe was haar vader?'

'Hoe bedoel je?'

'Wat nou, hoe bedoel je? Ik bedoel het precies zoals ik het vraag. Hoe was hij?'

'Hij was de liefste die ik ooit ontmoet heb, maar...'

Masha kijkt me afwachtend aan, maar ik zwijg. Voor mijn doen heb ik al best veel tegen Masha gepraat, maar over Sarais vader kan en wil ik niet praten. Over hem praten niet, maar over hem denken doe ik des te meer. Zoveel onbeantwoorde vragen, zoveel boosheid en verdriet.

'Dan niet.' Masha gaat staan. 'Als je nooit eens wat wil vertellen, krijg je nooit vriendinnen.' Ze gaat de kamer uit.

Ik voel woede. Waar bemoeit dat kind zich mee? Omdat zij zo'n kletstante is, hoef ik dat nog niet te zijn.

Hoe was haar vader? Ondanks mijn afweer blijft die vraag rondzoemen. Hoe was haar vader?

Casablanca

'Waar heb je Nora?' vraagt Soraya als ik bij haar ijscokarretje aankom.

Ik schud mijn hoofd.

'Wat dan?'

'Ze is... ze was...' Ik haper.

'Nee! Zeg me dat het niet zo is...' Ze laat een lange pauze vallen.

'Is Nora... is Nora dood?' vraagt ze, als ik niks zeg.

Ik voel hoe mijn tranen beginnen te stromen. Ze rollen over mijn wangen en mijn neus loopt vol. Soraya omarmt me en klemt me tegen zich aan. Haar lijf is warm en zacht en ruikt naar kokos. Ik schok van het huilen en kan niet meer stoppen. Soraya streelt over mijn haar en maakt sussende geluidjes, geluidjes die je maakt tegen een verdrietig kind. Na een poosje ben ik leeg gehuild en voel me rustiger worden.

Soraya drukt mij op haar klapstoeltje. 'Ga even zitten.' Ze pakt een blikje cola, trekt het lipje los en reikt het me aan. 'Hier, drink een beetje.'

Een heel blikje! Dat krijg ik nooit. Ik neem een paar slokken en houd de boer, die ik omhoog voel komen binnen.

Er komen een paar klanten bij de ijscokar en Soraya helpt hen.

Ik kijk naar haar. Wat een geluk dat Soraya er is.

'Ik was er bang voor,' zegt Soraya. 'Misschien is het maar beter, zo.'

'Hoezo?' vraag ik fel.

'Ze was ziek en...'

'Het is allemaal de schuld van Nordin. Ik haat hem, ik haat hem.'

'Tja,' is alles wat Soraya zegt.

'Haat jij hem dan niet?' wil ik weten.

'Hij zorgt ervoor dat ik geld verdien,' antwoordt Soraya kort.

'Niet veel, maar toch. Zonder hem...' Ze zwijgt.

'Wat?' vraag ik.

'Zonder hem was ik minder dan niets.'

'Ik ben bang voor hem,' zeg ik.

'Ja,' zegt Soraya, 'ja, ik snap het.' Ze zwijgt en begint de koelboxen te vullen. Even later schuifel ik het strand op.

Ik zie de grote groep bijna meteen en mijn hart maakt een sprongetje. Even maar, want meteen maakt Nora mijn hart weer zwaar. Karim lacht naar me en Ali wenkt. Ondanks alles is het zó fijn om hen te zien. Het verdooft de narigheid een beetje. Een beetje, want diep in mij zeurt de pijn gewoon door.

'Voor iedereen een ijsje.' Dit keer pakt Ali pakt zijn portemonnee.

Als iedereen heeft, trekt hij me aan mijn arm in het zand. 'Jij ook,' zegt hij beslist en hij slaat even zijn arm om me heen. Een beetje ongeduldig beweeg ik mijn schouder.

Ali lacht. 'Als het Karim maar was, hè?'

Ik voel een heel licht blosje opkomen. Ik zeg niets en lik behoedzaam aan een heerlijk limoenijsje. Limoen, mijn lievelingssmaak. Zacht, zoet en ijskoud smelt het op mijn tong. De jongens in de groep zijn best aardig. Ze vragen waarom ik dit werk doe en zo.

Ik haal mijn schouders op. Ik ga echt niet vertellen van onze armoede en van Nordin.

'Vast een vakantiebaantje,' veronderstelt Karim.

Opgelucht knik ik van ja.

Als ik mijn ijsje op heb, ga ik met tegenzin staan. Meteen staat Karim ook. 'Vandaag help ik je,' zegt hij beslist. 'Nee, je hoeft niet te weigeren, ik doe het gewoon. Je ziet er een beetje moe en verdrietig uit.'

Meteen schieten de tranen me in de ogen.

De anderen zien het en dit keer wordt er niet gefloten.

Karim doet alsof hij niets ziet en hangt de koelboxen over zijn schouder. Ik span me tot het uiterste in om mijn tranen te bedwingen en dat lukt.

Ik kijk om me heen. Als Nordin me ziet of Soraya... Toch kan ik het vandaag niet opbrengen om Karims aanbod te weigeren. Het is té fijn dat er iemand is die zich om me bekommert, die in mij geïnteresseerd is en die de moeite neemt om me te helpen.

De kans dat ze me zien is trouwens ook niet eens groot. Nordin komt hier eigenlijk nooit. Hij is in het jaar dat ik hier werk een keertje geweest, in het begin, en Soraya staat bij haar karretje. Hiervandaan kan ik haar karretje goed zien, maar ik realiseer me dat zij mij hier in alle drukte natuurlijk niet kan zien. Ik moet niet zo'n angsthaas zijn. En bovendien, ik gá toch ijs verkopen?

'Welke kant op?' vraagt Karim.

'Die kant!' wijs ik. Alhoewel ik zeker weet dat Soraya ons vanaf haar plek niet kan onderscheiden, besluit ik toch het zekere voor het onzekere te nemen en van haar vandaan te lopen. Nu ik de zware koelboxen niet hoef te dragen, voel ik me zo vrij als een vogel. De zon schijnt warm op mijn schouders, maar een briesje uit zee brengt de nodige verkoeling. Ik voel me iets rustiger, een ietsje maar, want de gedachte aan Nora is er voortdurend, als een brandende bal in mijn maag. Arme Nora.

'Wil je vertellen waarom je er zo verdrietig uitziet?' vraagt Karim. Hij kijkt me onderzoekend aan en zijn blik is belangstellend.

Ik schud mijn hoofd. Hoe aardig Karim ook is, ik kan hem niet vertellen van mam en Nordin. Van onze armoede, van ons krot in de bidonville en...

'Het hoeft ook niet,' zegt Karim. 'Maar als ik je kan helpen...'

'Je helpt me al,' zeg ik.

'Het zou wat,' zegt hij. 'Ik draag alleen maar die twee koelboxjes.'

Karim begint te roepen, net als ik altijd doe. 'Ice for sale, des glaces à vente! IJsjes te koop!'

Het gevoel dat hij me geeft is onbeschrijfelijk. Iemand die me daadwerkelijk helpt. Natuurlijk, Soraya helpt me ook, maar zij werkt voor Nordin en dat is anders.

Karim is zomaar een jongen, die mij aardig vindt. Mij, een meisje uit de bidonville, alhoewel hij dat natuurlijk niet weet.

Karim doet goede zaken en de ijsjes zijn in een mum van tijd op.

'Drinken we wat, om het te vieren?'

'Nee, dat kan ik niet,' zeg ik.

'Tuurlijk wel,' zegt hij. 'Ik help je ook met de tweede lading en met de derde, als je dat wilt.'

'Waarom?' vraag ik hem.

'Waarom wát?' wil hij weten.

'Waarom help je mij?'

'Omdat ik je aardig vind, misschien?' Hij slaat even zijn arm om me heen.

Het is alsof ik word opgetild en zweef. Hoelang is het geleden dat iemand lief voor me was en een arm om me heen sloeg? Na paps dood was mam alleen maar verdrietig en somber, net als ik. Vaak sloeg ik mijn armen om haar heen om haar te troosten en om getroost te worden, maar nooit sloeg ze haar armen om míj heen.

Het was een vreselijke tijd, waarin mam niet meer naar haar werk ging en er dus ook geen geld was. Toen kwam het moment dat we uit ons flatje moesten en we op straat rondzwierven, totdat Nordin ons vond.

'Nou?' Onderzoekend kijkt Karim me aan.

'Goed,' zeg ik. 'Maar niet te lang.'

We gaan zitten op het houten vlonderterras van de strandtent waar ik heel vaak langskom.

'Wat wil je drinken?'

'Doe maar een cola.'

Karim wenkt het meisje dat bedient. 'Twee cola alsjeblieft.'
Even later worden er twee flesjes cola en twee glazen boordevol ijsklontjes voor ons neergezet.

'Proost!' Karim heft zijn glas en tikt het zachtjes tegen het mijne zodat er een tinkelend geluid klinkt.

Voorzichtig zuig ik aan het knalroze rietje.

En dan is het stil tussen ons.

'Vertel eens wie Nadia is,' zegt hij na een tijdje.

'Vertel jij eerst maar wie Karim is,' zeg ik.

Hij lacht en vertelt dat hij twee broers en een zus heeft en in Anfa woont. Ali is zijn neef en die logeert deze zomer bij hem.

Ik slik en voel me klein worden. Anfa is een van de duurdere wijken van Casablanca, misschien wel de duurste. Het is de wijk waar mam in het grote huis met het zwembad werkte, toen pap nog leefde.

Karim vertelt dat hij geneeskunde aan de universiteit studeert en doordeweeks op de campus woont. Dat hij nu weliswaar een paar maanden vakantie heeft, maar hard moet studeren om zijn tentamens na de zomer te halen.

'En daarom lig je aan het strand,' zeg ik een beetje pesterig.

'Voor de broodnodige ontspanning. 's Ochtends heel vroeg en 's avonds na het eten studeer ik.'

'O,' zeg ik.

'Nu jij,' dringt hij aan.

Ik vertel dat ik met mijn vader en moeder in de wijk Santa Theresa woon. 'En dit ijs verkopen is inderdaad mijn vakantiebaantje,' lieg ik verder.

'Zit je nog op school?' wil Karim weten.

'Ik wil verpleegster worden.'

Dat klopt tenminste. Dat is mijn liefste wens. Zieke mensen helpen. Toen pap doodging, zat ik net op de middelbare school, maar omdat het zo slecht ging met mam bleef ik dus al snel veel thuis om voor haar te zorgen. Toch is het me gelukt om de eerste twee jaar te halen. De leraren die me op de middelbare school lesgaven zeiden dat ik wel zou kunnen studeren, als ik dat zou willen, voor lerares bijvoorbeeld.

'Hoe oud ben je?' wil Karim weten.

'Zeventien.'

Nu lieg ik weer, maar vijftien klinkt niet, vind ik. Dan ben je nog een kind, zeker in de ogen van iemand die al studeert.

Ik zuig de laatste slok van mijn drankje naar binnen.

'Nog een?' vraagt Karim.

'Ik moet weer aan het werk,' zeg ik spijtig, 'anders raak ik mijn baantje kwijt.'

'So what,' zegt Karim zorgeloos.

'Hallo zeg,' reageer ik een beetje verontwaardigd. 'Het is belangrijk dat ik wat verdien, hoor! Zoveel zakgeld krijg ik niet.'

'Sorry, natuurlijk, ik begrijp het. Ik was het even vergeten.'

Karim springt op om af te rekenen.

'Haal jij maar nieuwe lading, dan zie ik je zo weer!'

Als ik bij de ijskar van Soraya kom, kijkt ze me onderzoekend aan. 'Gaat het goed, meis?'

Ja, het gaat goed, ik voel me echt een beetje beter dan daarstraks, maar dat zeg ik niet. Het zou raar zijn, zo direct na het overlijden van Nora. Maar Soraya heeft eigenlijk misschien toch wel een beetje gelijk met wat ze zei over Nora. Wat was ze voor leven tegemoet gegaan? Arme, kleine, lieve Nora. Haar kleine lijfje, levenloos, koud, alleen. Wat heeft Nordin met haar gedaan? Waar heeft hij haar naartoe gebracht? De bal van vuur in mijn maag lijkt ineens te exploderen en ik voel hete tranen in mijn ogen branden, tranen die ik uit alle macht tegenhoud.

Even later loop ik voor de tweede keer het strand op.

Het gaat goed met Sarai. Ze is precies drie weken oud. Met mijn studie gaat het ook goed. Eerst mijn diploma vmbo en dan kan ik de opleiding voor verpleegkundige gaan doen.

Er wordt geklopt.

'Kom maar!' roep ik.

Het is Oni. Oni's huid is diepzwart. Ze heeft een paar enorme ogen waarvan het wit bijna licht lijkt te geven in haar gezicht.

'Kom je eten?' vraagt ze.

'Kom eraan.' Ik leg Sarai tegen mijn schouder en klop haar zacht tegen haar billen.

Oni blijft staan kijken. 'Ze is lief, jouw Sarai.'

Ik ben verrast. Alle meiden bedelen voortdurend om Sarai vast te mogen houden, behalve Oni. Zij kijkt eigenlijk nooit naar Sarai. Nu wel. Ik zie haar ogen. Ze staan zacht en triest tegelijk.

'Neem jij haar maar even,' zeg ik in een opwelling en ik houd haar Sarai voor.

'Echt?' Er glijdt een lachje over Oni's gezicht, maar haar ogen blijven triest. Heel voorzichtig pakt ze Sarai van me aan en heel voorzichtig legt ze haar tegen haar schouder, net zoals ik deed. Het is de eerste keer dat een ander Sarai zo vasthoudt. Hoe de meiden ook zeuren en aandringen, ik wil niet dat mijn kindje bij hen is. Sarai hoort bij mij.

Oni staat heel stil met Sarai tegen zich aan. 'Wat voelt ze zacht en wat ruikt ze lekker.'

Ik knik. Oni wrijft met haar wang langs die van Sarai. En dan zie ik een traan.

'Rot voor je,' zeg ik zachtjes.

Ze snuift, zucht een keer heel diep en geeft dan Sarai aan me terug. 'Mis jij je moeder ook zo?' vraagt ze opeens. 'Mijn moeder, ze is dood. Vermoord door de rebellen.'

'Wat erg,' zeg ik. 'Wat verschrikkelijk. Was, was je daarbij?'

'Ja.' Oni's ogen worden nog donkerder dan ze al zijn. 'Ik had me verstopt, anders hadden ze mij ook gedood, maar vanaf mijn verstopplek kon ik alles zien. Ook hoe ze mijn zusje...' Ze stokt en aait Sarai met haar wijsvinger over haar neus. 'En jouw moeder dan?' vraagt ze.

'Mijn moeder...' Ik haper. Ik denk aan haar, mijn arme, lieve mam. Elke dag denk ik aan haar en als ik 's nachts wakker word, is ze bij me. Pap ook, maar mams aanwezigheid is sterker. Haar vele gezichten komen afwisselend voorbij en maken me dan weer droevig en dan weer blij. Ik mis haar, ik mis haar, ik mis haar vreselijk, maar dwars door het gemis heen, is er steeds weer dat gevoel van 'het is goed zo', beter in elk geval dan het leven dat ze bij Nordin had. Hij heeft haar kapot gemaakt met zijn poedertjes, zijn verslavende poedertjes bedoeld om haar murw te slaan en volledig in zijn macht te krijgen.

'Ja?' vragend kijkt Oni me aan.

'Mijn moeder is ook dood,' zeg ik dan.

Casablanca

Als ik thuiskom, ligt mam nog steeds in bed. Het is heet binnen en er hangt een muffe lucht. Mam is onrustig. Ze ligt te woelen en te mompelen. Nordin is in geen velden of wegen te bekennen. De loser!

Mams gezicht is nat van het zweet. Ik ga naar buiten om een emmer water te halen. Weer binnen maak ik een doek nat en veeg ermee langs mams gezicht. Ze zucht en kreunt.

'Heb je pijn?' vraag ik.

'Nora,' fluistert ze. 'Mijn lieve Nora. Ik wil bij haar zijn.'

Eerst denk ik nog dat ze wil dat Nora bij haar is, maar dan dringt de verpletterende waarheid tot me door. Ondanks de hitte word ik ijskoud. 'En ik dan?' vraag ik. 'Mam, je moet bij mij blijven. Je mag me niet alleen laten.'

Mam grijpt mijn hand. 'Jij, jij redt het wel!'

'Hoe dan?' Ik voel paniek. 'Nordin... ik ben bang. Hij...'

Op dat moment komt Nordin binnen.

'Nordin, wat heb je met Nora gedaan? Mijn meisje, ons meisje...'

Ondanks dat mam zo ziek is, klinkt haar stem nu krachtig.

'Begraven,' zegt Nordin kort.

'Ik, ik wil naar haar toe.' Mam slaat haar benen over de rand van het bed en gaat staan. Ze wankelt, zakt door haar knieën en valt terug op het bed.

'Later,' zegt Nordin. 'Later.'

'Alsjeblieft, Nordin, alsjeblieft. Is er een grafje met haar naam?'
Ik heb het gevoel dat ik niet meer kan slikken.

'Ja,' zegt Nordin.

'Alsjeblieft, laat me er heen gaan. Ik wil bidden bij haar graf.'

'Ik ook,' zeg ik.

'Dat heb ik gedaan,' zegt Nordin.

'Echt?' vraagt mam. Haar ogen vallen dicht.

Ik kijk naar Nordin. Hij ziet er moe uit met zwarte kringen onder zijn ogen. Zou het hem dan toch wat doen, dat Nora dood is? Ze was weliswaar zijn kind, maar hij leek haar alleen maar lastig te vinden.

'Wat kijk je,' snauwt hij me toe. 'Maak liever iets te eten.'

Ik maak een stoofpotje van bonen en vlees. Veel bonen en weinig vlees. Ik doe wat van het nat in een mok en breng dat naar mam. Ze is nog steeds warm en beweegt haar hoofd heen en weer op het kussen. Opnieuw maak ik de doek nat en veeg ermee langs haar gezicht, haar hals en haar borst.

Ze slaat haar ogen op. Ik pak de mok en houd hem haar voor. Ze neemt een paar slokjes.

Daarna schep ik eten op voor Nordin, die televisie zit te kijken en zet het bij hem neer. Voor mezelf schep ik een beetje in een kom en ga op het voeteneind van mams bed zitten. Ik heb niet veel trek. Lusteloos prik ik een boon aan mijn vork en kijk met een half oog naar de voetbalwedstrijd op de televisie.

Na een poos begint mam te hijgen. 'Benauwd,' kreunt ze. 'Benauwd.'

'Hier, neem dit.' Nordin geeft haar wat poeder.

'Mam, dat is niet goed voor je.' Ik probeer haar wat rechterop te laten zitten. 'Er moet een dokter komen.'

'Nee,' hijgt mam. 'Hoeft niet.' Ze schudt wat van het witte poeder op haar hand en houdt het onder haar neus. Met haar andere hand duwt ze eerst haar ene neusgat dicht en snuift. Daarna duwt ze het andere dicht.

Arme mam. De eerste poeders maakten haar rustiger en blijer, maar al gauw had ze er steeds meer nodig.

'Je ziet eruit alsof je ook wel wat kunt gebruiken,' zegt Nordin tegen mij.

'Nooit!' zeg ik fel. 'Denk maar niet dat het je lukt om me verslaafd te maken, zodat je met me kunt doen wat je wilt.'

Nordin kijkt me woedend aan. 'Denk maar niet dat ik jou niet klein krijg.'

Ik huiver.

Als de voetbalwedstrijd is afgelopen, gaat Nordin zonder een woord te zeggen naar buiten. Dat doet hij wel vaker. Soms blijft hij de hele nacht weg. Ik weet niet precies wat hij allemaal doet, maar het is vast en zeker niet veel goeds. Ik haat hem, ik haat hem uit de grond van mijn hart..

De volgende dag is mam nog steeds ziek. Als ik 's middags thuiskom, tref ik een woedende Nordin aan. Hij kan hoog springen, hij kan laag springen, maar mam kan niet op haar benen staan, laat staan zich optutten en aan het werk gaan.

'Dan moet je dochter je plaats maar innemen,' dreigt Nordin.

Mam komt overeind en kijkt hem onverwacht helder aan. Haar ogen priemen in de zijne. 'Je zult je straf niet ontlopen,' zegt ze. 'Misschien hier in het aardse wel, maar ooit zul je je moeten verantwoorden en dan...'

Nordin gromt iets lelijks, draait zich daarna zonder nog iets te zeggen om en verdwijnt.

Mam zakt terug in haar kussen.

Ik haal buiten vers water en geef haar wat te drinken. Ik maak de doek nat en dep haar gezicht, haar hals, haar borst en haar armen.

'Wil je wat eten?'

Ze schudt haar hoofd. 'Ik ben zo benauwd, geef me alsjeblieft een poedertje,' fluistert ze.

'Dat heeft Nordin,' zeg ik.

'Onder het matras ligt nog wat,' zegt ze. 'Dat heb ik bewaard.'

Ik duw mijn hand onder het matras en voel. Even later heb ik twee witte opgevouwen papiertjes in mijn hand.

Mam vouwt er een geroutineerd open en snuift het op. Eerst met haar ene neusgat, dan met het andere. Ze wordt meteen rustiger, maar vouwt toch ook het tweede open.

'Dat is teveel,' sputter ik tegen. 'Dat is niet goed voor je. Je moet dat spul niet gebruiken. Je...'

Mam steekt haar hand naar me uit. 'Ik weet het, maar het is al te laat.'

'Nee,' zeg ik. 'Echt niet. Mam, we kunnen samen vluchten, we...'

Wanhopig kijk ik naar haar. Samen vluchten is onmogelijk, dat zie ik wel, ze is veel en veel te ziek. 'Mam, een dokter kan je helpen.'

Mam snuift de tweede poeder op en lijkt in slaap te vallen.

Na een poosje zegt ze: 'Als ik er niet meer ben, ga dan terug naar het grote huis met het zwembad en vraag naar Salim. Hij is het hoofd van het personeel daar en we konden het goed met elkaar vinden. Hij zal je vast en zeker willen helpen. Zeg dat je mijn dochter bent. Vraag om een baantje en kom hier niet terug. Daar ben je veilig voor Nordin.'

'Dat wil ik niet, ik wil dat jij...'

'Nadia, ik ga naar pap en Nora en ik ga graag.'

'En ik dan? Ik vind het erg, hóór je! Ik wil hier niet alleen blijven. Dan, dan heb ik niemand meer.'

Ondanks de bedompte hitte, begin ik te trillen. Ik voel een brandende pijn in mijn maag. Ondanks het feit dat mam de laatste jaren niet zo'n goede moeder kon zijn, wil ik haar niet missen, kan ik haar niet missen. Wij horen bij elkaar. Wij samen. Omdat pap en mam tegen de zin van de wederzijdse ouders voor elkaar kozen, heeft de familie hen laten vallen, dus daar hoef ik echt niet aan te komen. De families van pap en mam wonen in het Rif-gebergte en zijn heel arm.

'Met jou komt het goed, Nadia. Dat weet ik, dat voel ik.' Mams ogen draaien een beetje weg.

Ik laat mij op mijn knieën vallen en verberg mijn hoofd tegen mijn moeders borst. Ik voel haar gejaagde ademhaling en snelle hartslag. Mam legt haar hand op mijn hoofd.

Zo blijf ik liggen.

Het eerste daglicht dat naar binnen piept, doet mij ontwaken.
Ik heb gedroomd over pap en mam en mezelf. We waren op een
plek waar het heel helder was en we waren alle drie blij, zorge-
loos en gelukkig. Toen veranderde ik in Nora en dat voelde goed.
Het was volmaakt. Meer dan volmaakt. Een echt mooie droom.
Ik kom overeind. Mijn nek en knieën zijn stijf. Nog mijmerend
over die bijzondere droom, besef ik ineens dat het vreemd stil
is in het donker. Geen enkel geluid.
Verstijfd van schrik buig ik me over mam. Ze ligt roerloos.
'Mam!' Ik pak haar hand. Koud.
'Mam!' Mijn stem klinkt schril door de kleine ruimte.
Geen zacht gekreun, geen zacht op en neer bewegende borst,
geen zuchtje, geen hartenklop. Niets. Helemaal niets.
Ik knip de lamp aan om het beter te zien. Mijn lieve mam. Ik kijk
naar haar bleke, smalle gezicht, naar haar neus die opeens veel
spitser lijkt. Het lijkt wel alsof honderden speldenpuntjes in
mijn nek prikken. Mam is weggegaan en ik ben alleen. Wanhoop
slaat in golven over mij heen en dreigt me te verzuipen. De laatste van wie ik hield en die van mij hield, is er niet meer.
Alleen, je bent alleen, bonkt mijn hart met felle korte slagen. Ik
neem mams koude handen in de mijne. Lieve mam, wat moet
ik nou? Ik zou willen huilen, maar dan ineens, stroomt het gevoel van daarnet weer door mijn lichaam. Dat heldere licht, die

blijdschap en het besef dat alles goed is. Mam is bij pap en bij Nora.

Arme, arme lieve mam. En dan komen er toch tranen, tranen in een lange, warme onstuitbare stroom.

Ik huil nog steeds met mijn hoofd op mams koude borst, als Nordin opeens achter me staat. Ik schrik zo, dat mijn tranen in een keer stoppen.

Nordin zegt niets. Hij staat daar maar te kijken. Dan draait hij zich om. Ik spring op. Wat is hij van plan?

Ga weg. Nu meteen. Het is alsof ik de stem van mam hoor.

Maar jij dan?

Maak je geen zorgen om mij. Met mij is het goed. Maar jij, verdwijn hier...

Als een razende prop ik wat ondergoed in een plastic tas. Borstel, kam, zeep, shampoo, tandenborstel en tandpasta er bovenop. In een andere plastic tas doe ik een jurkje, een rokje, een paar shirtjes en een vestje.

Ik ben er net mee klaar als de deur opengaat en Nordin terugkomt met twee vrouwen. De vrouwen kijken me medelijdend aan en zeggen dat ze het heel erg voor mij vinden.

Nordin gaat weer naar buiten. De twee vrouwen kleden mam uit. Ik aarzel. Ik zou wel willen helpen met het wassen, maar...

Ga nu, Nadia, ga en doe wat ik je gezegd heb. Ga naar het grote huis. Nu!

Ik loop naar het bed en druk een zoen op mams voorhoofd.

Mijn oog valt op het kettinkje om haar hals met het goudkleurige medaillon eraan. Zolang ik me kan herinneren draagt ze het. Ze kreeg het van pap, toen ik geboren werd. Ik weet dat er een fotootje in zit van mij als baby samen met pap en mam. Het is niet veel waard denk ik, want anders had Nordin het haar vast en zeker afgepakt om het te verkopen.

Ik aarzel even, maar maak het dan los en doe het om mijn eigen hals. Ik druk nog een keer een kus op haar voorhoofd. Dag lieve mam.

Ik voel me wonderlijk. Verdrietig, opgelucht en angstig tegelijk. Met witte doeken gedrenkt in water maken de twee vrouwen mams lichaam schoon. Wat is ze mager. Na nog een laatste blik draai ik me om en pak de twee plastic tassen. Voorzichtig steek ik mijn hoofd naar buiten. Nordin moet me niet zien.

Een aantal huizen verderop zit een groepje mannen te drinken. Nordin zit met de rug naar me toe. Zo snel ik kan loop ik de andere kant op en pas als ik een hoek om kan slaan, voel ik me rustiger worden.

Nederland

Vandaag is een fijne dag, want Mara komt. Ik heb de nachtjes geteld, zoals heel vroeger als ik jarig moest worden, en pap en mam van elke verjaardag een feestje maakten.

Sarai is nu vijf weken oud. Ze groeit en groeit en is nu al zwaarder dan Nora ooit geweest is. Haar wangen zijn rond en ook haar buik en haar beentjes.

Ze is de allermooiste, allerleukste en allerliefste baby. Ze huilt bijna nooit. En gisteren, gisteren heeft ze voor het eerst naar me gelachen. Dat lieve lachje is een van de mooiste momenten uit mijn leven.

Nora heb ik nooit zien lachen. Arme, lieve, kleine Nora. Ze zou al bijna twee geweest zijn. Een peuter. Een meisje dat waggelend zou lopen en haar eerste woordjes brabbelen.

Een meisje ook dat als lood op mijn rug gewogen zou hebben, als alles anders was gelopen. Kleine Nora.

Ik schud de gedachte van me af. Straks komt Mara. Ze heeft me elke week een kaartje gestuurd met wat liefs erop.

Er wordt op mijn deur geklopt en op mijn 'ja' komt Emma binnen.

'Ik heb leuk nieuws voor je, denk ik,' zegt ze.

Ik kijk haar afwachtend aan.

'We hebben aan Mara gevraagd of ze jouw big sister wil worden en ze heeft ja gezegd.'

Big sister. Een volwassen vrouw die jou min of meer adopteert. Die af en toe iets leuks met je doet en bij wie je soms een nachtje mag logeren. Alle meiden hier hebben er een, behalve ik. Niet omdat er voor mij niemand was, maar omdat ik het niet wilde. Maar nu...

'Nou, lijkt het je wat?' vraagt Emma.

Ik knik.

De meiden hier vinden het fantastisch om een big sister te hebben. En niet alleen regelen ze hier een big sister voor je, als je dat wilt, maar ook een vriendinnennetwerkje. Allemaal bedoeld voor het opbouwen van een nieuw leven. Maar mijn nieuwe leven kan pas beginnen, als ik zeker weet dat ik in Nederland kan blijven. Wat heeft het voor zin iets op te bouwen als je toch weg moet?

Ik heb er wel eens aan gedacht om contact op te nemen met Hasna, maar ik heb het niet gedaan. Ik kan het niet. Ik schaam me dood. Hasna met haar vele vriendinnen, zit vast niet op zo'n losertje als ik te wachten.

Misschien doe ik het als alles achter de rug is en als ik gehoord heb dat ik hier mag blijven. O, dat hoop ik zo. Vooral voor Sarai. Ja vooral voor haar. Ik wil dat ze in Nederland opgroeit en niet in Marokko. Een kind van een ongehuwde moeder wordt daar uitgekotst terwijl dat hier heel normaal is, tenminste dat zeggen ze.

'Dat is dan geregeld,' zegt Emma. 'Ik dacht al dat ik je daar een plezier mee zou doen.'

Mara... Ik word helemaal blij als ik aan haar denk, aan haar warme belangstelling. Ze is zó lief. Even denk ik eraan dat ik misschien toch weg moet en weer afscheid zal moeten nemen, maar mijn verlangen om haar te zien is sterker.

'Dank je wel,' zeg ik.

'Al goed,' wimpelt ze mijn dank af, 'daar ben ik voor. Gaat het goed met de studie?'

'Ja,' antwoord ik.

Over een half jaar heb ik mijn examen. Ik wil het halen, want dan kan ik eindelijk in september aan de opleiding voor verpleegkundige beginnen. Ik hoop toch zo dat ik in Nederland mag blijven.

Ik mag in elk geval blijven tot de rechtszaak tegen Nicolas is geweest en dat kan nog wel een poos duren.

Een golf van misselijkheid slaat door mijn lijf als ik eraan denk dat ik tegen hem moet getuigen en ik verdring de gedachte dan ook onmiddellijk.

'Gaat het?' vraagt Emma. 'Je wordt zo bleek.'

'Alles is goed,' zeg ik. Ik concentreer mijn gedachten uit alle macht op Sarai en langzaam ebt de misselijkheid weer weg.

'Gezellig om met jou te shoppen,' zegt Mara.

We hebben samen gewinkeld met Sarai in de kinderwagen en hebben wat kleertjes voor haar gekocht. Ze groeit zo ontzettend hard. Ik koop veel dingetjes voor haar op marktplaats, maar Mara vond het leuk om iets nieuws voor haar te kopen. En ook voor mij trouwens. Ik heb een paar superleuke laarzen van haar gekregen.

Nu zitten we in een cafeetje. Mara heeft voor zichzelf een cappuccino besteld en voor mij een warme chocomel met slagroom. 'Vind jij het ook gezellig?' vraagt ze.

'Ja,' zeg ik.

Ik word er helemaal blij van. Het is fijn dat iemand het gezellig met me vindt. Natuurlijk, Karim vond het ook gezellig met mij, en ik met hem natuurlijk, maar na Karim heb ik niemand meer ontmoet die het goed met me voorhad. En eigenlijk, hoe lief en zorgzaam Karim ook was, had hij het niet goed met me voor, niet echt... Het doet pijn om daaraan te denken.

'Weet je,' gaat Mara verder, 'ik heb altijd dolgraag een dochter willen hebben, maar het is er niet van gekomen.'

'O,' zeg ik. Ik moet moeite doen om mij weer op Mara te concentreren.

'Nee,' zegt ze en ze staart in de verte. 'Ik, mijn man en ik, het lukte niet om zwanger te worden. Toen werd hij verliefd op een andere vrouw en ging bij me weg. Bij zijn nieuwe vrouw kreeg hij twee zonen.'

'Wat erg voor je.' Ik raak voorzichtig haar hand aan.

Mara kijkt er naar. 'Ja,' zegt ze, 'heel erg.'

Ik wrijf even over haar hand.

'Je bent lief,' zegt ze, 'en je kleine meisje ook.'

'En jij,' zeg ik.

Mara lacht. 'Ik denk dat mijn nooit geboren dochter zoals jij geweest zou zijn of in elk geval zou ik willen dat ze zo zou zijn.'

'Je, je zou een fantastische moeder geweest zijn,' zeg ik.

'Lief dat je dat zegt. Ik vind het fijn om over jou te moederen.'

'Wil je mijn mam zien?' vraag ik in een opwelling.

Mara knikt. 'Graag.'

Ik maak het kettinkje met daaraan het medaillon los en knip vervolgens het medaillon open. Drie gezichten, piepklein maar scherp. Pap, mam en ik.

'Och,' zegt Mara als ze het fotootje ziet. 'Och.'

Sarai begint een beetje te pruttelen en ik haal haar uit de wagen.

'Ze lijkt een beetje op jou als baby'tje.' Mara kijkt van het fotootje naar Sarai en van Sarai weer naar het fotootje.

Ik lach. 'Je kunt het niet echt goed zien,' zeg ik.

'Was hij goed voor je, de vader van Sarai, of...?' vraagt Mara opeens. Ze laat een stilte vallen. Het lijkt of ze haar zin niet af durft te maken en ik snap wat ze wil vragen.

'Hij was lief voor me,' zeg ik.

'Gelukkig,' zegt Mara.

'Ja.'

We zwijgen. In gedachten zie ik zijn gezicht. Zijn lieve ogen. Ik hoor zijn stem, zijn troostende woorden en ik voel zijn warme belangstelling. Het is zo echt dat het bijna pijn doet.

Casablanca

Als ik met mijn twee plastic tasjes het grote huis nader, zakt de moed me in de schoenen. Het grote, witte huis midden op het enorme grasveld blinkt in de zon. Aan de zijkant is een grote veranda met veel schaduw. Er staan luie houten stoelen met witte kussens erin en een schommelbank. Er zit niemand. Aan de achterkant, weet ik, ligt het grote, ronde, knalblauwe zwembad.

Ik ben bang om het grote hek open te duwen en de oprijlaan op te lopen. Bang om aan te bellen en te vragen naar een baantje. Maar het kan niet anders.

Als ik gebeld heb, hoef ik niet lang te wachten. Snelle voetstappen aan de andere kant van de deur, die wordt opengedaan.

Nieuwsgierig kijkt het meisje me aan. 'Wie kan ik zeggen?'

'Ehm.' Ik kuch. 'Nadia Afellay. Ik zou graag Salim willen spreken.'

'Wacht hier maar.' Het meisje knikt naar de bank die in de grote hal staat. 'Ik zal kijken of hij er is.'

Ik loop naar de bank, maar ga niet zitten. Ik drentel wat heen en weer. Twintig stappen naar links en twintig stappen naar rechts. Zo groot als deze hal is ons hele huis in de bidonville.

Ik denk aan mam, die hier ongetwijfeld de hal heeft schoongemaakt en de trap naar boven. Die de deuren heeft afgesopt en de ramen heeft gezeemd. Wat ik me er van kan herinneren is dat ze hier met plezier naartoe ging en dat ze goed behandeld werd.

Maar wil ik dat ook? Vloeren dweilen, de trap afnemen en deuren soppen? Voor de rest van mijn leven? Nee, dat wil ik niet. Ik wil mijn school afmaken en verder leren, maar dat is nu niet aan de orde. Ik moet geld verdienen om te kunnen leven. Ik...

Mijn gedachten worden verstoord door het meisje dat de hal weer binnenkomt. 'Salim is er niet. Morgenochtend is hij er weer.'

'O,' zeg ik. 'O.'

Ik blijf staan. Wat moet ik nu?

'Als je morgenochtend om negen uur komt, is hij er zeker,' zegt het meisje.

'O,' zeg ik nog een keer en ik schuifel langzaam naar de deur.

'Gaat het wel?' vraagt het meisje.

'Jawel,' houd ik me groot.

Als ik weer op straat sta, kijk ik verdwaasd om me heen en knipper een paar keer met mijn ogen. Mijn tranen zitten hoog. Ik realiseer me dat ik er vast op gerekend heb, dat Salim me zou helpen, dat ik in elk geval onderdak zou hebben. Geen moment heb ik eraan gedacht dat Salim er niet zou zijn. Wat moet ik nu? Het is nog vroeg, maar ik denk aan de komende nacht. Waar moet ik blijven?

Als ik eraan denk dat ik deze nacht in mijn eentje op straat moet doorbrengen, krijg ik acuut heftige buikpijn. De nacht is van de slechteriken en zit vol gevaren. Ik zal in elk geval een goede verstopplek moeten zien te vinden. Alhoewel ik de bidonville uit de grond van mijn hart haat, zou ik er wat voor geven om er weer

naartoe te kunnen gaan. Mijn eigen plekje bij mam. Mijn buikpijn wordt nog heftiger. Lieve mam, zij dacht dat ik het zou red-
den maar dat is niet zo. Ik kan het echt niet alleen.

Een beetje doelloos loop ik de straat uit. Zou Soraya me willen
helpen? Me één nachtje onderdak willen verlenen? Soraya is altijd aardig voor me geweest en goed voor Nora, maar ze werkt
wél voor Nordin.

Ik weet zeker dat Nordin zijn slechte plannen met mij onmiddellijk ten uitvoer gaat brengen, nu mam er niet meer is om me
te beschermen. Die laat me echt niet langer ijsjes verkopen als
hij zoveel meer aan me kan verdienen, daar is hij duidelijk genoeg over geweest. Zou Soraya me beschermen? Hoe groot is
die kans en hoe groot is de kans dat ze Nordin inseint?

Ongemerkt ben ik in de richting van het strand gelopen, gewoon alsof het een dag als alle andere is.

Ik ga onwillekeurig in de richting van Soraya's ijskarretje, den-
kend aan haar troostende armen, toen Nora dood was.

'Nee,' zegt Soraya beslist als ik haar vraag of ik een nacht bij haar
mag slapen. 'Nee, nee en nog eens nee. Daar komt Nordin achter
en dan ben ik mijn kar kwijt. Ik begin er niet aan.'

'Een nachtje maar,' smeek ik.

'Nadia, hij heeft me net gebeld en laten beloven hem te waar-
schuwen als ik jou zou zien, dus wil ik je niet zien. Je helpen met
de baby was tot daaraan toe, maar dat was het dan ook. Ik ga
niet tegen Nordin in. Ga nu alsjeblieft weg.'

'Maar...' begin ik. Ik stop als ik zie dat Soraya haar mobiel pakt. Ondanks de hitte krijg ik opeens de rillingen en zonder verder nog iets te zeggen draai ik me om en ga er vandoor.

Doodmoe sjok ik met in elke hand een plastic tasje met mijn bezittingen door de wijk die zich meteen achter het strand bevindt. Het is heet, de zon brandt op mijn hoofd en mijn mond is kurkdroog. Ik zou me het liefst ergens in de schaduw in een smalle steeg op de grond laten vallen om daar alle tranen die ik heb weg te huilen. Hoe kán Soraya me zo in de steek laten? Natuurlijk weet ik het antwoord: Nordin heeft haar in de tang, net zoals hij mam in de tang had en al die andere vrouwen die voor hem werken. Maar mij krijgt hij niet. Nooit. Ik sterf liever dan dát.

Sterven... voor altijd slapen, nooit meer pijn en verdriet voelen. Ik denk aan mijn mooie droom, de nacht dat mam stierf en ik bij haar en pap was, voordat ik in Nora veranderde. Dat gevoel van rust, dat wil ik. Wat moet ik hier nog in m'n dooie eentje?

Nadia, nee. Het is de stem van mam. *Dát is geen oplossing.*

Pfff, moet jij zeggen. Jij wilde ook niet meer.

Ik voel boosheid.

Lekker makkelijk om je dood te snuiven.

Jij bent veel sterker dan ik, Nadia. Ik weet zeker dat jij het redt.

Je hebt me in de steek gelaten.

Ik was té moe.

Ik ben ook moe.

En verder sjok ik. Ik ben de wijk uit en beklim langzaam een heuvel. Daarboven is een klein parkje met schaduw. Het is er druk met moeders en spelende kinderen. Ik plof in de schaduw en kom een beetje bij. Ik zie nog net een streepje zee. De zee, waarlangs ik elke dag met mijn ijsjes liep. Wat heb ik daar vaak over geklaagd en gemopperd en nu... ik zou het zonder zeuren doen als ik de tijd terug kon draaien.

Ik houd mijn ogen zó lang gericht op dat stukje zee, dat ze ervan gaan tranen.

Zouden Karim en Ali er zijn? Het is misschien niet verstandig, maar ik heb opeens enorm veel zin om Karim te zien. Om een zorgeloze dag te hebben. Om even te vergeten. Om afscheid te nemen...

Ik moet bedenken wat ik tegen hem ga zeggen. Hij mag niet weten wat er aan de hand is, daarvoor schaam ik me veel te erg.

Ik rust nog een poosje uit en loop dan in de richting van het strand. Ik ga via de strandovergang die bijna een kilometer vandaan ligt bij de strandovergang die ik normaal altijd neem.

Eenmaal op het strand kijk ik speurend om me heen. Ik ga niet beleven dat ik hier alsnog gesnapt word. Ik vraag me af of Soraya Nordin echt gebeld heeft, of was het alleen om duidelijk te maken dat het haar menens was? Hoe dan ook, ik moet op mijn hoede zijn. Nordin laat me niet zomaar lopen.

Tot mijn opluchting zit de groep van Ali en Karim op dezelfde plek als altijd.

'Lekkere ijsjes!' Ali springt enthousiast overeind, maar als hij ziet hij dat ik zonder koelboxen ben, ploft hij weer neer op het zand.

'Aaahhh,' doet hij teleurgesteld. 'Waarom heb je geen ijsjes?' jengelt hij met een kleine kinderstem. 'Ik wil een ijsje.'

Alhoewel ik me diep treurig voel, moet ik toch een beetje lachen.

'Ik ben vrij vandaag en ik kom afscheid nemen. Morgen gaan mijn ouders en ik een paar weken weg. Familiebezoek.' Het leugentje komt me gemakkelijk over de lippen.

'Jammer,' zegt hij. 'Je kwam zeker speciaal voor Karim?'

Ik voel dat ik rood word.

'Ja dus,' zegt hij. 'Hij wilde studeren vandaag. 't Is toch zo'n ijverige jongen, die neef van me. Weet je wat? Zal ik je zijn 06-nummer geven?'

'Ehm...' Ik denk snel na. Ik heb uiteraard geen mobiel. 'Ehm...' doe ik nog een keer.

Ali neemt mij onderzoekend op. 'Ach wat. Ik app hem meteen wel even.' Ali haalt zijn mobiel tevoorschijn. 'Offeh... wil je het zelf even doen?' Hij steekt mij zijn mobiel uitnodigend toe.

'Doe jij maar,' zeg ik. Ik zeg het niet, maar ik heb geen idee wat 'appen' is.

Ali's vingers vliegen over het schermpje. Hij krijgt bijna per ommegaand een reactie. 'Hij komt hier naartoe,' zegt hij en hij kijkt me veelbetekenend aan. 'Hij wil afscheid van je nemen.'

Het wordt toch nog een goede dag. Karim en ik wandelen over het strand. De juiste kant op natuurlijk, weg van Soraya's ijscotent. Karim heeft mijn twee plastic tasjes in zijn rugzak gedaan zodat ik mijn handen vrij heb.

'Wat sleep je allemaal mee?' heeft hij gevraagd.

'O, gewoon wat spulletjes,' heb ik geantwoord.

Gelukkig is hij er verder niet op doorgegaan.

We lopen een hele poos zwijgend over het strand en dan pakt Karim mijn hand. Zijn hand omvat warm de mijne en er gaat zo'n onverwachte troost van uit, dat ik hem een beetje vertel over pap en over mam en dat ik nu helemaal alleen ben.

'Hoelang zijn je ouders al dood dan?' wil hij weten.

'Pap al drie jaar en mam... mam twee weken.'

Ik kán niet zeggen dat ze nog maar net gestorven is. Karim zou duizend en een vragen hebben, vragen die ik niet kan beantwoorden. Hij zou het raar vinden dat ik niet thuis was. Hij...

'Twee weken?' Ik zie de ontzetting in zijn ogen. 'Ben je dan niet verschrikkelijk verdrietig?' Hij slaat een arm om mij heen.

Ik knik.

'En is er geen familie waar je naartoe kunt?'

'Nee.'

'Waar woon je dan nu?' wil hij weten.

'O, ik logeer tijdelijk bij een vriendin.'

'Maar waarom eerst dat verhaal over familiebezoek?'

'Gewoon, je vrienden hebben er niks mee te maken.'

'Mijn vrienden niet, maar ik wel?' Hij drukt me nog wat steviger tegen zich aan. 'Vertel, wat zijn je plannen?'

Ik vertel dat ik morgenochtend ga solliciteren naar een baantje.

'Waar?' wil Karim weten.

Ik vertel hem dat mam me heeft gezegd dat ik bij haar vroegere werkhuis moet vragen om werk.

'Maar waarom stop je dan met het baantje dat je had?'

'Omdat, omdat...' Ik denk vliegensvlug na. 'Omdat ik bij dit nieuwe baantje kost en inwoning kan krijgen.'

Karim kijkt me onderzoekend aan.

'Echt? Of ben je voor iemand op de vlucht?'

Ik verschiet van kleur. 'Hoezo?'

'Ik ben niet op mijn achterhoofd gevallen,' zegt Karim. 'Dacht je dat ik niet gezien had hoe schichtig je altijd om je heen kijkt?'

'Ik haat de vriend van mijn moeder,' zeg ik dan.

'Waarom?' wil Karim weten.

'Daarom!' zeg ik kort.

Het is even stil tussen ons.

'Ik dacht dat je verpleegster wilde worden. Of was dat ook een leugentje?' vraagt Karim.

Ik schud mijn hoofd. 'Nee, dat is echt mijn liefste wens.'

'Dat zal nu wel extra moeilijk worden,' zegt Karim.

Hij bekijkt me peinzend. 'Misschien weet ik iets,' zegt hij langzaam. 'Maar...' Hij maakt zijn zin niet af.

'Wat "maar"?'

'Je zou een opleiding tot verpleegkundige in het buitenland kunnen doen. In West-Europa zitten ze te springen om verpleegkundigen, wist je dat?'

'Nee,' zeg ik een beetje verward. Verpleegster worden in het buitenland omdat ze daar om mensen zitten te springen. Van zoiets heb ik nog nooit gehoord.

'Hoe weet jij dat?'

'Vanwege mijn studie. Misschien zou ik iets voor je kunnen regelen.'

'Ik weet niet,' zeg ik aarzelend. 'Naar een heel ander land, dat lijkt me best eng.'

Maar ik zou veilig zijn voor Nordin, bedenk ik me. Echt veilig. Ik zou niet meer schichtig om me heen hoeven te kijken, niet meer bang hoeven te zijn dat hij me te pakken krijgt.

'Zie maar,' zegt Karim. 'Je hoeft nu niet te beslissen, dat kan later ook nog. Denk er maar over. '

En dan gaan we shoppen of beter gezegd van de ene verbazing in de andere rollen. Ik tenminste. In dit luxe gedeelte van Casablanca kom ik nooit en ik kijk mijn ogen uit. Prachtige etalages met dure kleren en elektronica. Schitterende parfumerieën en dure restaurants. We slenteren langs al die mooie etalages en vergapen ons aan alle rijkdom.

We drinken muntthee in een theehuis en Karim vertelt dat hij, als hij afgestudeerd is, eerst een paar jaar naar Ethiopië wil om daar te werken.

Meteen slaan mijn gedachten op hol. Hij arts, ik verpleegkundige, samen in Ethiopië. Karim vertelt een heleboel over zijn studie en vooral dat hij komend jaar stage gaat lopen in Rabat, de hoofdstad van Marokko. Ik luister een beetje jaloers naar al zijn enthousiaste verhalen.

'Wat ben je stil,' zegt hij na een tijdje. 'Wat is er?'

'Niks,' zeg ik.

'Stom, stom, stom.' Hij slaat met zijn vlakke hand tegen zijn voorhoofd. 'Zit ik maar te praten en te praten, terwijl jij... Sorry.'

'Het geeft niet,' zeg ik. 'Echt niet.'

'Weet je wat?' Hij wrijft even over mijn hand. 'Als ik eenmaal stage loop, zal ik voor jou informeren. Misschien dat er wel mogelijkheden zijn.'

'Vast niet,' zeg ik.

'Dat weet je maar nooit,' zegt hij. 'En wat zullen we nu nog eens doen?'

'Gewoon nog een beetje rondkijken?' stel ik voor.

'Oké.' Hij rekent af.

We flaneren over de boulevard en alles lijkt zó zorgeloos. Lijkt. Want natuurlijk zijn op de achtergrond mam, Nora en mijn vlucht voor Nordin, maar de zon is heerlijk warm, het briesje lekker verkoelend en het gezelschap van Karim geeft me vlinders. Voor het eerst sinds lange tijd voel ik me even bevrijd, bevrijd van alle ellende en aan later weiger ik nu te denken.

We eten op een eenvoudig terrasje onder de bomen en daarna slenteren we met de armen om elkaar heen verder.

Ik schrik me te pletter als Karim aankondigt dat hij naar huis moet om nog wat te werken voor zijn studie.

Waar moet ik vannacht heen, waar moet ik blijven?

'Zal ik je naar je logeeradres brengen?' vraagt Karim.

'Nee, dat hoeft niet,' weer ik haastig af.

'Toch wel,' zegt hij. 'Kom, waar moet je naartoe?'

Ik kan zo gauw niets verzinnen en voel me zo in het nauw ge-bracht dat ik ons oude adres noem, het adres waar pap, mam en ik zoveel goede jaren hebben doorgebracht.

Karim houdt een taxi aan en het duurt niet lang of we rijden mijn oude wijk in. De herkenning is zo heftig, dat ik op mijn lip-pen moet bijten om niet te huilen. Ik weet alles nog precies. Daar, in die straat is mijn oude school en daar is de winkel waar mam en ik vaak boodschappen haalden. En daar is het speel-tuintje waar ik met pap naartoe ging, toen ik nog een kleuter was.

Er rolt een traan over mijn wang die Karim wegveegt. Hij denkt dat ik verdrietig ben om mam en dat ben ik natuurlijk óók.

De taxi stopt voor het mij zo vertrouwde flatgebouw en we stap-pen uit. Karim slaat zijn armen om me heen en ik kruip tegen hem aan.

'Slaap lekker,' zegt hij en hij geeft me een kus op mijn wang. 'Veel succes morgen.'

'Ja,' zeg ik mat. 'Ja.'

'Hoor ik hoe het afgelopen is?' vraagt Karim.

Ik knik.

'Ik ben in de middag vaak op het strand,' zegt hij. 'Op de bekende plaats. En als ik er niet ben, is Ali er wel. Offeh, hier is mijn num-mer, kun je me bellen.' Hij geeft me een klein wit kaartje met zijn naam, een fotootje én zijn 06-nummer.

Hij klopt op mijn schouder en stapt in de taxi.

'Ho!' roep ik. 'Stop! Je hebt m'n spullen nog.'

Hij stapt weer uit en geeft me mijn twee plastic tassen. Nog een laatste zoen op mijn wang en dan gaat hij echt.

Ik kijk de taxi na, net zolang tot hij uit het zicht verdwenen is. De paniek die ik verwacht, blijft uit, misschien ook omdat het hier toch vertrouwd is en lang niet zo gevaarlijk als in de bidonville of andere wijken van Casablanca.

Mijn ogen glijden langs het flatgebouw. Wij woonden op de zesde verdieping. Was pap maar nooit doodgegaan, dan hadden we hier nog gewoond. Dan was mam niet dood geweest, dan had ik Nordin niet gekend en dan was ik nooit van school gegaan. Dan ging ik hier nu gewoon naar binnen om in mijn eigen kamer in mijn eigen lekkere bed te kruipen.

Ik duw de centrale deur open. Ik kan de nacht doorbrengen in de catacomben, dat is beter dan buiten te blijven zwerven. Nog nooit eerder heb ik de nacht in mijn eentje op straat doorgebracht. Wel samen met mam, maar dat was natuurlijk toch anders.

Ik ga de stenen trap af naar beneden en huiver. Vroeger vond ik het hier doodeng. Er staan grote ijzeren vuilcontainers waar de flatbewoners hun afval in moeten storten en soms stuurde mam me naar beneden om de afvalemmer te legen.

Ik zoek een plaatsje achter een container die in een hoek staat. Mocht er iemand komen om zijn afval te brengen, dan zal hij mij niet zien. Ik laat me zakken tussen muur en container en duw mijn plastic tassen aan weerskanten tegen me aan. Pap en mam. Ik voel even aan het medaillon om mijn hals. Dan trek ik mijn knieën op, sla mijn armen erom heen en wieg zachtjes heen en weer. Zo val ik in slaap.

De volgende ochtend vroeg ben ik vies, stram en stijf. Ik pak mijn borstel en haal hem door mijn haar. Steeds opnieuw totdat ik zeker weet dat het glanst. Ik poets mijn tanden met tandpasta. Ik verlang hartstochtelijk naar een beetje water, maar dat heb ik niet, dus slik ik de overtollige tandpasta gewoon door. Ik haal mijn netste jurk uit de plastic tas en doe die aan.
Vandaag begint mijn nieuwe leven, dat hoop ik en dat bid ik.

Nederland

Onwennig loop ik het grote gebouw binnen. Vandaag is de eerste dag van het staatsexamen vmbo-tl. Nederlands. Natuurlijk ben ik zenuwachtig, maar niet heel erg. Alle oefenexamens die ik op de computer heb gemaakt, had ik ruim voldoende.

Veel zenuwachtiger ben ik voor de college-examens volgende maand, want die zijn voor alle vakken uit mijn pakket mondeling.

Maar alle begeleidsters, mijn coach van e-learning én Mara zeggen dat ik het echt wel ga halen.

'Als jij het niet haalt,' zei Mara afgelopen weekend nog, 'haalt niemand het.'

Ik glimlach. Mara is een schat. Zij is, na Sarai, het beste wat me hier in Nederland overkomen is. Voor haar ben ik de dochter die ze nooit gehad heeft, voor mij is zij een tweede moeder. Ik heb nu al een paar keer bij haar gelogeerd en het is er zo mooi en rustig. Waar ik woon, is het wel mooi, maar allerminst rustig.

Een jongen vat mijn glimlach blijkbaar als een uitnodiging op om kennis met mij te komen maken. Hij zegt dat hij Paul heet en hij vraagt naar mijn naam.

'Nadia,' zeg ik afgemeten en ik doe een stap achteruit. Ik verdraag het niet als mensen, mannen en jongens in het bijzonder, te dicht bij me staan.

Paul vertelt dat hij op de middelbare school altijd de beest uithing en al twee keer gezakt is voor het examen. 'Daarom probeer ik nu het staatsexamen maar eens een keer,' zegt hij opgewekt. 'En jij?'

'Ja, ik probeer het staatsexamen ook,' zeg ik.

'Maar waarom?' wil hij weten.

'Omdat ik een diploma nodig heb,' zeg ik.

'Waarom staatsexamen?' gaat Paul vasthoudend verder. Hij buigt zich enthousiast naar me toe.

Ik krijg het helemaal benauwd van die jongen. Sodemieter toch een eind op, denk ik.

'Weet je dat je een echte schoonheid bent? Uit welk land kom je? Marokko?'

Ik bevries bijna. Hier heb ik dus echt geen zin in.

'Dat gaat je niks aan,' zeg ik botweg.

'Ben je altijd zo aardig?' Hij draait zich beledigd om, maar dat kan me niks schelen. Ze moeten me met rust laten. Ik heb genoeg aan mezelf en Sarai. Toch voel ik me wel wat ongemakkelijk. Misschien bedoelde hij het alleen maar aardig. Misschien...

Gelukkig moeten we op dat moment de zaal in en ik vergeet alles en iedereen. Alleen het examen is nu belangrijk. Het duurt eindeloos voor alles klaar is en de computers zijn opgestart, maar na een minuut of tien kan ik eindelijk, precies op tijd, beginnen.

Snel scroll ik even door het hele examen heen. Het lijkt niet heel erg moeilijk en geconcentreerd begin ik te lezen.

De eerste tekst gaat nota bene over het zware leven van au pairs.

Jonge meiden die uitgebuit worden en zich driemaal een slag in de rondte moeten werken voor hun werkgevers, om de hele huishouding draaiende te houden, van 's ochtends zeven tot 's avonds zeven, terwijl hun aanvankelijk was voorgespiegeld dat ze alleen voor de kinderen moesten zorgen. Dan had ik het bij de kleine Ilias toch wel goed getroffen. Ik hoefde er alleen maar voor hem te zijn en voor de rest zorgden Fátima en het overige personeel.

Casablanca

Als ik aanbel, doet het meisje van gisteren weer open. 'Salim weet dat je komt. Ik zal hem halen.'

Ze verdwijnt en het duurt even voordat er een oudere man de trap afkomt. Hij neemt me onderzoekend op. 'Jij moet Nadia zijn. Eén gezicht met je moeder.'

Ik knik.

'Hoe gaat het met haar?'

Ik moet een paar keer slikken voordat ik iets kan zeggen. 'Ze is dood.' Mijn stem bibbert. Opeens word ik overspoeld door wanhoop. Ik knipper met mijn wimpers om mijn tranen tegen te houden. Het is teveel. Eerst pap, toen Nora, en nu ook nog mam.

'Och,' zegt Salim zacht. 'Dat spijt me voor je, kind. Gecondoleerd.'

Met de grootst mogelijke moeite weet ik mijn tranen te bedwingen.

'Hoe is ze gestorven?'

'Ze was ziek,' zeg ik.

'Kwam je hier voor een baantje?' vraagt Salim.

Ik knik. 'Mam zei dat u wel wat voor mij zou hebben,' zeg ik hees.

'Tja,' zegt Salim, 'we hebben net een paar weken geleden een meisje aangenomen en we hebben op dit moment echt niemand nodig.'

'O,' zeg ik mat.

'Maar ik hoorde dat ze een paar straten verderop een meisje zoeken voor hun zoontje,' gaat Salim verder. 'Zal ik voor je bellen?'

'Goed.'

'Wacht maar even.' Salim verdwijnt, maar is in een mum van tijd weer terug.

'Gelukt!' zegt hij blij. 'Je mag langskomen en als je hun bevalt kun je meteen aan het werk.' Hij geeft me het adres. 'Nogmaals gecondoleerd,' zegt hij. 'Je moeder was een lieve vrouw en ze werkte hard. Jammer, héél jammer dat het allemaal zo gelopen is. Eerst je vader en nu...' Hij kijkt me hoofdschuddend aan. 'Sommige mensen krijgen het behoorlijk voor hun kiezen. Ik wens je veel sterkte m'n kind!'

Als ik bij het adres op het briefje kom, moet ik even slikken. Deze villa is zo mogelijk nog groter en luxer dan het grote huis waar mam werkte.

Op mijn bellen doet een deftige man in een pak open. 'Wie kan ik zeggen?'

Ik kuch. 'Er is over gebeld. Ik eh, ik kom hier omdat u een kindermeisje nodig heeft.'

'Je naam?'

'Nadia Afellay'

'Hier kun je wachten.'

De man doet een deur open en ik ga een soort wachtkamer binnen. Ik kijk met bijna open mond rond, zó mooi is het ingericht.

Twee zachte, gele banken met heel veel warm getinte kussens, een karmijnrode muur en een paar goudkleurige lampen. De bank is zó zacht, dat ik er diep in wegzink. Ik zit nog maar net of de deur gaat open. Er komt een dame binnen die mij van top tot teen opneemt. Zo snel als ik kan kom ik overeind.

'Heb je ervaring met kinderen?' vraagt ze afgemeten.

Ik knik. 'Ik heb voor mijn zusje gezorgd.'

'Ik neem nooit zomaar iemand aan, maar je bent hier op voorspraak van Salim.'

Ik knik.

'Daarom mag je het proberen.'

'Dank u wel.'

'Ilias is tien maanden,' gaat ze verder. 'Als hij wakker is, ben je er voor hem, als hij slaapt kun je iets voor jezelf doen. Je kamer is naast de zijne. Denk erom dat hij nooit mag huilen.'

'Goed,' zeg ik.

'Je bent er de hele week. Als Ilias slaapt, ben je op je kamer voor het geval hij wakker wordt en huilt. 's Zondags ben je vrij, dan zorgen mijn man en ik zelf voor Ilias.' Ze haalt een klein goudkleurig belletje uit de zak van haar jasje en klingelt. Ik kijk er vol verbazing naar.

Even later gaat de deur open en er komt een vrouw van middelbare leeftijd binnen.

'Fátima, breng jij Nadia bij Ilias en laat haar haar kamer zien.'

'Goed mevrouw.' Fátima maakt een beweging die een beetje aan een buiging doet denken.

Blijkbaar hoor je te buigen voor mevrouw en ik doe een beetje onbeholpen Fátima's beweging na.

Fátima neemt me mee naar boven langs een trap die halverwege een sierlijke draai maakt. De trapleuningen zijn van roodbruin houtsnijwerk.

Boven doet Fátima een deur open. 'Jouw kamer,' zegt ze.

Mijn kamer is prachtig. De muren zijn koningsblauw en mijn bed is zoals ik mij vroeger altijd een prinsessenbed voorstelde. Hij is van rood hout met gekrulde uiteinden en er hangt een witte klamboe omheen. Verder staat er een bureautje en er is een zithoek met een kleine televisie.

Veel tijd om rond te kijken, krijg ik niet. Ik heb nog net tijd om de twee plastic tassen op mijn bed te mikken. Fátima heeft de tussendeur inmiddels al opengedaan en wenkt me een beetje ongeduldig.

Nieuwsgierig loop ik naar haar toe en ik kom in de mooiste babykamer die ik ooit gezien heb. Ook hier koningsblauwe muren en een glanzende houten vloer. Tegen de muur staat een met prachtige motieven geschilderd ledikant in de kleuren wijnrood, goud en zwart. En in dat ledikant ligt een jongetje te slapen. Hij heeft bolle wangen met roze blosjes en zwarte krullen. Wat een mooie, stevige baby.

Ik doe een moment mijn ogen dicht en zie Nora in haar mandje naast mams bed. Haar magere, bleke gezichtje en de holle ogen. Een groter verschil tussen beide baby's is niet denkbaar.

Ik moet een paar keer heel diep zuchten om de wanhoop en het verdriet die me ineens weer overspoelen het hoofd te kunnen bieden. Arme Nora. Arme mam. Wat is het ontzettend oneerlijk verdeeld allemaal.

'Als hij wakker wordt, mag hij fruit. Kom maar met hem naar beneden, dan zal ik zorgen dat er iets voor hem klaarstaat,' zegt Fátima. 'En denk erom dat hij niet huilt, want daar kan mevrouw niet tegen.' Ze gaat de kamer uit.

Pfff, daar kan mevrouw niet tegen. Mevrouw had Nora eens moeten horen huilen. En dan slaat het verdriet opnieuw in golven over me heen en dit keer verzuip ik erin.

Door de tussendeur ga ik terug naar mijn eigen kamer en plof op het mooi opgemaakte bed neer. Ik zak er diep in weg en huil, totdat een kreetje uit de babykamer me weer tot mezelf doet komen.

Snel bet ik mijn gezicht bij de wasbak, was mijn handen en dan ga ik opnieuw de babykamer binnen.

Ilias staat rechtop in zijn bed en kijkt me met grote bruine ogen aan. Ik smelt. Wat een prachtig ventje.

Voorzichtig ga ik voor hem op mijn hurken zitten en strijk langs zijn blozende wangetje. Hij kijkt me ernstig en onderzoekend aan en dan breekt er een lachje door. Ik til hem op en duw mijn neus in zijn hals. Hij schatert het uit en pakt met twee handen mijn hoofd vast.

Ik lach en ik weet zeker: Karim heeft concurrentie gekregen.

Als ik met Ilias op mijn heup de grote keuken binnenkom, staat er een bakje met gepureerd fruit voor hem klaar.

Ik ga aan de grote keukentafel zitten met Ilias op mijn schoot en geef hem met kleine hapjes zijn fruit. Het jongetje is een goede eter want hij doet elke keer zijn mond wagenwijd open. 'Ga maar met Ilias in de tuin onder de bomen zitten en denk erom dat hij niet in het zwembad valt,' zegt Fátima zodra het fruit op is. 'Kun je zwemmen, trouwens?'

'Ja,' zeg ik.

Ik denk aan die keren dat we gingen zwemmen bij het grote huis en hoe papa mij de schoolslag leerde. Ik heb in elk geval geleerd om boven water te blijven.

''s Ochtends na het ontbijt kun je gaan zwemmen met Ilias,'zegt Fátima. 'Hij is dol op water en spettert het hele bad door.'

'Kan hij al zwemmen dan?' vraag ik verbaasd.

'Nee natuurlijk niet,' zegt Fátima wat laatdunkend. 'Hij krijgt bandjes om. Je zult het morgenochtend wel zien.'

'Ik, eh, ik heb geen badpak,' zeg ik.

'Ik zorg ervoor dat je er een krijgt,' zegt Fátima.

Voor ik naar buiten ga, loop ik naar de kraan om wat te drinken. Ik ben uitgedroogd en het koele water werkt verfrissend.

Even later zit ik als een prinses in de schaduw terwijl Ilias speelt met een bakje water en een paar bekertjes. Het is heerlijk. Veel beter dan met twee koelboxen langs het hete strand lopen, maar toch... ik zou zó weer door het zand willen sjokken en ijsjes verkopen als ik mam en Nora daarmee terug kon krijgen.

Als Ilias slaapt, denk ik aan de lege avond die ik nog voor me heb. Wat zou ik graag Karim vertellen van dit baantje. Het duurt nog vijf lange dagen voordat het zondag is en ik hem zie. Ik pak zijn kaartje en kijk naar zijn foto. Had ik nou maar een mobiel dan kon ik hem een berichtje sturen. Ik neem me voor om daarvoor te sparen. Het is heerlijk dat ik mijn verdiende geld nu niet meer hoef af te dragen.

Nederland

Het is de laatste dag van het schriftelijk examen en tevreden sluit ik mijn wiskunde af. Ik ben blij. Het laatste examen en het was peanuts. Volgens mij heb ik alles goed gemaakt, ook NaSk, mijn moeilijkste vak. Ruim een week lang heb ik elke dag examens gedaan en het viel mc ontzettend mee. Frans en Engels waren ook echt een makkie.

Nu maar hopen dat de college-examens volgende maand ook goed gaan. Daar ben ik nog wel een beetje, beetje érg liever gezegd, zenuwachtig voor. Zit je daar met twee mensen tegenover je die je allemaal (moeilijke?) dingen gaan vragen.

Als ik buiten kom, staat Mara op mij te wachten, samen met Sarai.

Sarai begint enthousiast te wippen en te zwaaien als ze me ziet. Ze wordt zó groot.

Ik knuffel haar uitgebreid en snuffel net zo lang in haar halsje totdat ze het uitschatert.

'Hoe ging het?' vraagt Mara.

'Goed,' zeg ik. 'Maar nu moet ik hard aan het werk voor mijn college-examens.'

'Tuurlijk, moet je hard aan het werk, maar je hebt toch zeker wel tijd voor een lekkere lunch?'

'Kan dat nog?' vraag ik.

Ik weet dat Mara's dienst om vier uur begint en dat ze daarvoor

Sarai en mij nog terug moet brengen. Ik heb de afgelopen week bij haar gelogeerd en zij heeft op Sarai gepast. Het kwam mooi uit dat Mara vier vrije dagen achter elkaar had.

'Dat kan nog,' zegt Mara.

Als we zitten is Sarai nog steeds klaarwakker en erg actief. Vol vertedering kijk ik naar haar. Wat is ze leuk en lief.

'Vind je dat Sarai op mij lijkt?' vraag ik opeens aan Mara.

Die aarzelt even. 'Een beetje misschien,' zegt ze dan. 'Ze heeft jouw neus.'

Ik knik. 'Ze gaat steeds meer op haar vader lijken.'

'En hoe vind je dat?' vraagt Mara voorzichtig.

Ik pak mijn portemonnee uit mijn tas en haal het kaartje van Karim eruit. Ik heb hem een poosje na Sarais geboorte een berichtje gestuurd, maar iemand anders stuurde me een berichtje terug dat ik een verkeerd nummer had. Hij heeft dus een ander nummer genomen. Dat is jammer... voor Sarai. Zij wil haar vader later vast en zeker leren kennen.

'Kijk,' zeg ik. 'Sarais vader. Hij was de liefste, maar hij kon niet bij me blijven.'

Casablanca

Die zondag ontmoeten we elkaar op het strand en het wordt een dag die ik me altijd zal blijven herinneren, zoals trouwens alle zondagen met hem.

We zwemmen, we eten, zitten elkaar achterna, stoeien en... zoenen. We zoenen steeds vaker, inniger en langer. Zijn handen glijden warm en zacht over mijn schouders, mijn rug en mijn billen. Ik huiver en druk me nog stijver tegen hem aan. Ik schrik bijna als Karim mij bij mijn bovenarmen pakt en een stukje terugduwt.

'Wat is er?' vraag ik.

'Niks,' zegt hij, 'maar ik wil niet te ver gaan. Je bent nog zo jong en...' Hij maakt zijn zin niet af.

'Ik ben zeventien,' zeg ik, 'bijna achttien, en wat wilde je zeggen?'

'Een kind dus nog,' zegt Karim en hij kijkt opeens een beetje verdrietig.

'Wat is er?' vraag ik.

Karim schudt zijn hoofd. 'Je bent lief,' zegt hij en hij slaat zijn armen om me heen.

En daar blijft het bij, alle zondagen dat we samen zijn. Drie tot nu toe. Eigenlijk zou ik wel willen weten hoe het is om verder te gaan.

Als ik 's avonds in bed lig, moet ik daar vaak aan denken. Hoe hij zijn handen over mijn blote lijf zou laten glijden en ik mijn handen over het zijne. Dan zou ik voor altijd bij hem horen. Iemand die van me houdt en die voor me zorgt. Iemand die er echt altijd voor me is en ik voor hem natuurlijk. Daar droom ik over.

En dan komt een zondag, de vierde, die anders is dan alle andere. We doen de gewone dingen. We zwemmen in zee, we wandelen, zonnen en smullen op een stil plekje van een heel groot ijsje waar we om beurten een likje van nemen. Maar Karim is anders dan anders. Hij zegt bijna niets.

'Wat is er?' vraag ik hem.

'Wat zou er moeten zijn,' antwoordt hij.

'Waarom zeg je niets,' zeg ik.

'Ik ben gewoon een beetje moe.'

'Van het studeren?'

'Ja,' zegt hij, 'dat ook.' Hij slaat zijn armen om me heen. 'Over drie weken begint mijn stage, dan vertrek ik naar Rabat.'

Ik schrik. 'Zie ik je dan niet meer?'

'Ik zal dan veel weekenden moeten werken.'

'O,' zeg ik.

Mijn vrije zondagen doemen op als een groot, gapend gat. Dan heb ik niemand meer.

Het is fijn in mijn nieuwe baantje en Ilias is een schatje, maar verder heb ik er eigenlijk met niemand echt contact. Ik vind dat niet erg, omdat ik me elke dag weer verheug op de zondag. Maar als Karim straks...

'En ik moet je nog iets zeggen.' Karims stem klinkt schor en hij kucht.

Ik kijk hem aan. Zie ik dat goed? Zijn brillenglazen zijn een beetje beslagen, maar zie ik werkelijk tranen?

Ik sla mijn armen om hem heen en druk me tegen hem aan. Dit keer duwt hij me niet weg, maar klemt me nog steviger tegen zich aan en zoent me, zo hard dat het me bijna pijn doet. Mijn handen glijden van zijn nek naar beneden tot zijn billen en blijven daar liggen. Karim tilt de rok van mijn jurk omhoog.

'Straks ziet iemand ons,' zeg ik.

'Echt niet.' Karim gaat met zijn handen onder mijn jurk en streelt mijn billen. 'Hier is niemand en hier komt niemand.' En zachtjes glijden zijn handen van mijn billen naar mijn buik en lager.

Als ik 's avonds weer op mijn kamer ben, beleef ik keer op keer wat er die middag is gebeurd. Ik houd van hem, ik houd van hem. Hij is mijn alles. En zondag zie ik hem alweer. Aan over drie weken, weiger ik te denken.

De dagen gaan in een soort van roes voorbij. Karim, pap, mam, Nora en Nordin bezetten om beurten mijn gedachten, maar Karim voert de boventoon. Hij verdooft het verdriet. Het liefst zou ik altijd bij hem zijn. We zouden kunnen trouwen en dan ga ik met hem mee naar Rabat. Daar kan ik ook werken. Daar zal Nordin mij vast niet zoeken. Want alhoewel ik me zo langzamerhand meer ontspannen voel als ik buiten ben, kijk ik toch om de haverklap over mijn schouder als ik mijn dagelijks ommetje met Ilias maak. Dat zou ik in Rabat niet meer hoeven te doen.

En je droom dan, vraagt een stem in mijn hoofd. Je wilde toch verpleegster worden?

Als ik met Karim trouw, komt er een andere droom uit, antwoord ik en het stemmetje zwijgt.

Gelukkig dat Ilias er is. Hij is zo lief en zo vrolijk.

Fátima zegt dat dat door mij komt.

'Bij het vorige kindermeisje huilde hij veel meer,' zegt ze. 'Dat was ook geen lief meisje,' voegt ze eraan toe. 'Ze hield niet van baby's.'

'Waarom had ze dan dit baantje genomen?' vraag ik.

'Och,' zegt Fátima, 'daar kunnen zoveel redenen voor zijn. Ga jij nu eerst maar met Ilias zwemmen.'

Het is heerlijk om elke morgen in het zachte, lauwe water te dobberen. Ilias geniet en ik ook. Hij zwemt op zijn hondjes het hele bad door.

Ik heb Ilias nog maar net aangekleed en te slapen gelegd of Fátima komt Ilias' kamer binnen. 'Er is bezoek voor je,' zegt ze. 'De man die jouw voorspraak was voor dit baantje.'

'Salim?' vraag ik.

Fátima knikt. 'Kleed je snel aan, hij wacht beneden op je in de hal.'

Als Fátima weg is, droog ik me haastig af en schiet in mijn kleren. Nog geen vijf minuten later loop ik naar beneden.

Salim zit op de halbank en gaat staan als hij me aan ziet komen.

'Nadia,' zegt hij ernstig, 'ik moet je wat zeggen. Ik vind dat je het moet weten. Gisteren kwam er een man bij ons aan de deur en hij vroeg naar jou. Een van de meisjes heeft bevestigd dat je geweest was en dat je nu hier een baantje hebt als kindermeisje.'

Ik schrik me dood. 'Dat was de vriend van mijn moeder. Ik...'

'Je bent voor hem op de vlucht,' constateert Salim.

'Ja. Ik. Hij...'

Ik zwijg.

Hoe kan het dat Nordin weet dat ik naar het grote huis ben gegaan voor hulp? Heeft mam hem dan ooit verteld dat ze daar vroeger gewerkt heeft en het daar zo goed heeft gehad? Dat moet bijna wel.

'Het meisje kwam het mij gisteravond vertellen omdat ze er spijt van had dat ze had verteld waar jij werkte,' gaat Salim verder. 'Ze vond het een nare, opdringerige man en ze wist niet zo snel wat ze moest zeggen toen hij naar jou vroeg. Bij nader inzien wilde ze dat ze niks gezegd had. Het voelde niet goed, zei ze. Maar helaas, dat is achteraf. Heb je reden om bang te zijn voor die man?'

'Ja,' zeg ik.

Salim kijkt me afwachtend aan, maar ik kan hem toch niet vertellen wat Nordin met mij van plan is?

'Als ik je kan helpen,' zegt Salim.

'Ik red me wel,' zeg ik, 'dank u wel dat u me gewaarschuwd hebt.'

'Goed,' zegt Salim, 'en als ik toch nog iets voor je kan doen, dan hoor ik het. Ik geef je mijn telefoonnummer voor de zekerheid.'

Hij haalt een klein notitieblokje uit zijn zak, scheurt er een blaadje uit en schrijft daar zijn nummer op. 'Alsjeblieft,' hij reikt mij het briefje aan.

Ik vouw het op en stop het in mijn zak.

Als Salim weg is, ga ik terug naar boven, naar mijn kamer. Ik ga zitten en sta weer op. Ik loop naar de slapende Ilias en weer terug naar mijn kamer. Ik kijk uit het raam, ik zet de televisie aan, ik plof op het bed om meteen weer overeind te komen. Wat moet ik doen? Wat moet ik in vredesnaam doen? Hier in huis kan me niets gebeuren, hier ben ik veilig, stel ik mezelf gerust. Of toch niet? Wat als Nordin hier aanbelt met de een of andere smoes? Stel dat hij zegt dat hij mijn vader is en me mee wil nemen? Die akelige, nare man. En ik ben echt niet de enige die daar zo over denkt. Dat dienstmeisje vond het óók een nare man. Zouden ze me dan hier geloven?

Ik moet iets verzinnen. Praten met mevrouw? Met Fátima misschien? Met meneer? Maar ik verwerp die mogelijkheden stuk voor stuk. Wat als ze me niet geloven? Wat als ze geen gedoe willen, geen meisje dat gezocht wordt?

Datzelfde geldt voor de politie. Ik maak me geen illusies, die gaan me echt niet helpen. Toen mam en ik op straat leefden, keken ze niet naar ons om, zelfs niet toen mam hen smeekte om ons te helpen.

Géén politie.

Karim dan? Hij zal mij geloven, dat weet ik zeker, maar dan moet ik hem alles vertellen en ik schaam me zo. En wie weet, maakt hij het dan wel uit. Dat zou ik niet overleven.

Pap, mam, wat moet ik doen? Ik voel aan het gouden medaillon.
Ik maak het kettinkje los en maak het medaillon open.
Wat moet ik doen? Mijn mond beweegt, maar de woorden zijn
geluidloos. Wat moet ik doen?

De dag gaat langzaam voorbij. Ik doe de dingen die ik altijd doe,
maar ik ga niet met Ilias wandelen, zoals ik anders aan het eind
van de middag doe. Ik rek het naar bed brengen van Ilias zo lang
mogelijk. Ik zie op tegen de lange avond alleen. Ik knuffel hem
extra lang en ik zing extra vaak zijn lievelingsslaapliedje, net zolang totdat zijn wimpers zijn wangen raken. Ik druk nog een
extra kus op zijn bolle wang en ga naar mijn kamer.

De onrust komt terug. Wat als...? Ik loop doelloos door mijn
kamer, zet de televisie aan, zap langs alle zenders, maar niks kan
me boeien. Ik was mijn handen, poets mijn tanden en borstel
mijn haar, alsof ik al naar bed ga. Ik weet nu al dat ik geen oog
dicht zal doen.

Ik loop naar het raam en duw mijn voorhoofd tegen het glas. En
dan krijg ik de schrik van mijn leven, want aan de overkant,
nonchalant leunend tegen een boom, staat een man te kijken,
zijn blik gericht op onze voordeur. Ik kan niet zien of het Nordin
is, want de afstand van het huis naar de straat is best groot,
maar er staat een man. Nordin of een van zijn 'vrienden'.

De paniek slaat dit keer met zo'n kracht toe, dat ik niet meer helder kan denken. Ik word steenkoud en kan nog net op tijd het

toilet bereiken. Daar kots ik net zolang tot er alleen nog maar slijm komt.

Mijn benen trillen en het enige dat ik nog weet is dat ik hier weg moet. Straks komt hij hier vannacht binnen om mij te ontvoeren.

Karim moet mij helpen om hier weg te komen. Dat moet!

Karim! Ik kan hem bellen met de huistelefoon. Meneer heeft er een in zijn werkkamer, maar daar zit hij nu te werken. Elke avond tot een uur of tien.

Er zit niets anders op dan te wachten.

De minuten kruipen voorbij. Ik stop al mijn bezittingen alvast weer in mijn twee plastic tassen. Daarna schrijf ik een briefje.

Het spijt me dat ik onverwachts weg moet en geen afscheid kan nemen.
Ik ga naar het buitenland om daar te werken.
Bedankt voor alles en lieve groet van Nadia.

Ik leg het briefje op mijn hoofdkussen, zet de televisie aan en ga in kleermakerszit op mijn bed zitten. Ik friemel aan mijn medaillon en zie weinig van datgene wat er zich op het scherm afspeelt. Ik kijk honderd keer op de klok. Eindelijk is het tien uur en dan om twintig over tien hoor ik de deur van meneers werkkamer open- en dichtgaan. Nu kan ik bellen.

Ik wacht totdat meneer beneden is en dan ren ik naar zijn kamer.

Met trillende vingers toets ik Karims nummer in.

Even denk ik dat hij er niet is, want het duurt eindeloos lang voor er opgenomen wordt. Ik huil bijna van opluchting als ik Karims stem hoor.

'Ze, ze staan me op te wachten,' stoot ik uit.

Even is het stil aan de andere kant.

'Nadia?' hoor ik Karim vragen.

'Ja. Er is een man... hij...'

'Een man? De vriend van je moeder?'

'Nee, ja, ik weet het niet. Er staat een man tegenover het huis, de hele avond al. Ik ben zo bang. Ik... ik wil hier weg, maar ik durf niet. Als hij me te pakken krijgt...' Nu huil ik wel. Ik probeer me uit alle macht te beheersen, maar het lukt niet. 'Straks dringt hij vannacht het huis binnen en... Ik ben zo bang.'

'Nadia, wees eens rustig.' Karims stem klinkt kalmerend. 'Die man dringt echt niet zomaar daar naar binnen.'

'Wel waar, je kent hem niet. Hij, hij is verschrikkelijk. Alsjeblieft Karim, help me. Haal me hier weg. Haal me hier weg.'

'Oké, oké, ik kom,' zegt Karim. 'We doen het zo, om precies twaalf uur stop ik voor de deur, zorg dat je dan klaarstaat. Zodra je de auto ziet, kom je naar buiten, stapt in en ik rijd meteen weg.'

'Ik ben zo bang, ik ben zo bang.'

'Nadia, wees rustig,' zegt Karim nog een keer. 'Met paniek schiet je niks op. Probeer je te beheersen. Heb je me begrepen? Hoe laat moet je bij de voordeur klaarstaan?'

'Om twaalf uur,' zeg ik.

'Zo is het. Pak je spullen bij elkaar en houd je taai. Het komt heus wel goed. Tot straks.' Karim verbreekt de verbinding en ik staar verdwaasd naar het toestel.

Hij komt. Het duurt nog meer dan een uur, maar hij komt me halen.

Opnieuw ga ik op mijn bed zitten en opnieuw moet ik wachten. Ik ga bij Ilias kijken en benijd hem. Wat heerlijk om zo veilig en zorgeloos in je eigen bed te slapen en mensen om je heen te hebben die van je houden en voor je zorgen. Ik buig me over hem heen en bedek zijn gezicht met zachte kusjes. 'Ik ga je missen,' fluister ik in zijn oor. 'Ik ga je missen.'

Om vijf minuten voor twaalf ga ik naar beneden. Het huis is nu helemaal stil en donker. Een traptrede kraakt en ik krijg bijna een hartverlamming van schrik, maar er gebeurt niets.

Misschien is die man allang weg. Misschien was het helemaal geen handlanger van Nordin, maar zomaar een man die daar een beetje stond te niksen. Misschien...

Mijn gedachten worden onderbroken door het geluid van een motor. Het geluid komt snel dichterbij en houdt stil voor de deur.

Ik ruk de deur open en klap hem achter me dicht. Niks aan te doen als ze wakker worden. Ik ren naar de auto. Het achterportier wordt geopend en ik zie Karim zitten. Ik duik bijna naar binnen.

'Deur dicht,' hoor ik een andere stem.

Ik heb de deur nog niet gesloten of de bestuurder gast ervandoor.

'Welkom aan boord, Nadia!' hoor ik hem zeggen.

Ali, het is Ali die aan het stuur zit.

Meteen hoor ik achter me het geluid van een tweede auto.

'Nordin!' roep ik in paniek.

Ali geeft zo'n dot gas dat ik bijna mijn evenwicht verlies. Het wordt een wilde rit door Casablanca en ik ben doodsbang, niet alleen dat Nordin me te pakken krijgt, maar ook dat Ali ergens tegenop knalt. Dat gebeurt gelukkig niet. Hij zigzagt allerlei straten door en na verloop van tijd zijn we de auto achter ons kwijt.

'Gelukt,' zegt Ali triomfantelijk, 'we zijn ze kwijt.'

'Waar ga ik heen?' vraag ik.

'Je kunt een paar weken logeren in de flat van een vriend van ons die op vakantie is,' zegt Karim. 'Het is klein, maar dat maakt niet uit.'

Na een kwartiertje stopt de auto bij een oud flatgebouw. Het ziet er groezelig en vervallen uit.

Karim en ik stappen uit.

Na een korte groet, spuit Ali er vandoor.

Als we binnen zijn, zet Karim thee. Hij schenkt twee glazen in en komt naast me op de bank zitten.

'En nu vertellen,' commandeert hij. 'Wat is dat met die vriend van je moeder?'

Ik pak mijn glas thee en vouw mijn handen eromheen. Ik kan het hem niet vertellen, niet over de bidonville, niet over hoe

Nordin mam uitbuitte en verslaafd maakte en niet over Nora. Niet over wat Nordin met mij wil doen. Ik schaam me om hem over die ellende te vertellen. Karim is van goede komaf. Straks wil hij me niet meer zien.

'Hij, hij wil met mij trouwen,' zeg ik. 'Nu mam dood is, wil hij mij. Hij is vijftig! En ik haat hem.'

Het blijft stil tussen ons.

'Wil je weg uit Marokko?' vraagt Karim na een poos. 'We hebben het daar over gehad. Ik heb al wat rondgevraagd en ik kan ervoor zorgen dat...'

Ik haal diep adem en schuif naar hem toe. Ik leg mijn hand tegen zijn wang en buig me naar hem toe om hem te zoenen

'Nadia, nee.' Hij schuift een stukje van mij af.

'Nadia, ja,' verbeter ik en ik schuif hem gewoon achterna.

'Nadia, ik moet...' begint hij, maar ik snoer hem de mond door hem te zoenen.

En dan trekt hij me naar zich toe.

Ik voel hem over mijn hele lijf en het voelt zo veilig en vertrouwd. Mijn handen strelen onder zijn shirt zijn rug en zijn buik en zakken nog verder naar beneden.

'Ik heb niks bij me,' zegt hij na een poosje.

'Vorige keer toch ook niet,' zeg ik.

Hij kucht. 'Vorige keer, dat had niet mogen gebeuren, maar...'

Hij maakt zijn zin niet af. 'Je kunt zwanger worden,' zegt hij dan.

'Niet,' zeg ik.

'Hoezo niet?' vraagt hij.

Ik lach een beetje. 'Doe nou maar.' Ik druk mijn mond op de zijne en maak de rits van zijn broek open. En dan voel ik hoe hij zich verliest en opeens zijn zijn handen weer warm en zacht overal op mijn lichaam.

Met de armen om elkaar heen, liggen we na te genieten.
'Weet je?' Ik richt me een stukje op en steun op mijn elleboog.
'Weet je, ik kan ook met jou mee naar Rabat komen. Daar vindt Nordin mij ook niet en dan kunnen we altijd samen zijn.'
Vol spanning kijk ik naar zijn gezicht.
Karim zegt geen ja en hij zegt geen nee. Hij kijkt heel ernstig en trekt me naar zich toe. 'Je bent zo verschrikkelijk lief, maar mee naar Rabat, dat gaat niet.'
'Waarom niet?' sputter ik tegen.
'We hebben het er later over,' zegt Karim, 'Kom we gaan nu eerst slapen.'
We kruipen in het bed en ik probeer hem opnieuw te verleiden, maar dit keer geeft hij niet toe. 'Slapen,' zegt hij.

De zon schijnt recht in mijn gezicht en ik knipper met mijn ogen. Een moment weet ik niet waar ik ben, maar dan realiseer ik me wat er gisteravond allemaal is gebeurd. Karim is in geen velden of wegen te bekennen. Ik spits mijn oren. Misschien staat hij onder de douche of is hij in de keuken bezig. Niets van dat alles. Dan valt mijn oog op een witte enveloppe met mijn naam erop. Hij ligt boven op mijn kleren. Ik glimlach. Hij moest na-

tuurlijk weer hard aan de studie en wilde mij niet wakker
maken. Ik pak de brief en kruip ermee terug in bed. Ik snuffel
aan de enveloppe. Ruik ik zijn lekkere luchtje? Het enige dat ik
ruik is papier. Met mijn vinger rits ik de enveloppe open.
Hij heeft mij een lange brief geschreven, bijna een heel A4-tje
vol. Zó lief.
Ik begin te lezen.

Lieve Nadia,
Ik wilde het je zeggen, maar ik wist niet hoe.
Ik ga binnenkort trouwen. Een poos geleden zijn mijn ouders en haar
ouders al tot overeenstemming gekomen. Wij vertrekken na de trou-
werij samen naar Rabat waar ik, zoals je weet, mijn stage ga doen.
Ik vind het erg voor jou. Toen ik je de eerste keer zag, wilde ik je alleen
maar helpen omdat je er zo triest uitzag. In de loop van de weken ben
ik meer en meer op je gesteld geraakt, een beetje zoals een broer op zijn
jongere zusje. Nee, dat is niet waar, want dan was wat er tussen ons
is gebeurd, natuurlijk nooit gebeurd. Dat is een onvergeeflijke fout.
Niet dat ik het niet wilde, maar het is oneerlijk tegenover jou.
Het spijt me dat ik je nu verdriet doe.
Ik had hier en daar al wat rondgevraagd voor mogelijkheden voor jou
om naar Europa te gaan zodat je droom uit kan komen en ik heb ie-
mand gevonden die dat kan regelen. In Nederland zitten ze te springen
om verplegend personeel en ze zullen voor een groot deel ook de kosten
van de opleiding op zich nemen, mits je daar dan minimaal drie jaar
blijft werken. Over de andere kosten hoef je je trouwens verder ook

geen zorgen te maken, dat komt wel goed.
Ali zal je verder helpen, want het is beter dat jij en ik elkaar niet meer
zien, we kúnnen elkaar niet meer zien.
Ik houd van je en zal je nooit vergeten.
Het ga je goed.
Karim

Verbijsterd herlees en herlees ik de brief. Ik kan nauwelijks geloven wat ik lees. Ik heb een vreselijke droom en zal zo wakker
worden. Heel langzaam laat ik de verpletterende waarheid tot
me doordringen. Karim gaat trouwen, maar niet met mij. Ik ben
gedumpt.
Ik word kleiner en kleiner en ben bang dat er niets meer van me
overblijft.
Beteken ik dan niets voor hem? Ik weet het antwoord, het staat
in de brief, maar het doet niets af aan m'n ongeloof en verdriet.
Ik kruip terug in bed en rol me op tot een bal. Een bal barstensvol pijn.

Nederland

Ik werk kei- en keihard voor mijn mondelinge examens. Ik moet en zal ze halen. Elke ochtend om acht uur zit ik al te werken. Sarai wordt om zeven uur waker. Dan neem ik haar bij me in bed en dan mag ze drinken. Dat moment, wij samen veilig en warm bij elkaar, is het mooiste moment van de dag.

Om half acht leg ik haar nog even weer terug en dan ga ik douchen. Daarna ga ik aan het werk. Gelukkig ligt Sarai meestal rustig in haar wipstoeltje een beetje naar mij te kijken alsof ze begrijpt waar ik het voor doe en ondertussen speelt ze met wat ik haar in haar handjes geef. Een rammelaar, een knuffel of een knisperboekje.

Onder het voorbereiden door, kijk ik vaak stiekem naar Sarais lieve gezichtje. Wat een geluk dat ik haar heb. Zij geeft mijn leven zin.

Een klop op de deur en Emma staat al naast me met een kop thee.

'Lekker,' zeg ik dankbaar.

'Gaat het leren goed?' vraagt ze. 'Zal ik je vanavond overhoren?'

'Graag,' zeg ik.

Ze proberen me hier echt aan alle kanten te helpen. Emma heeft ook al aangeboden om Sarai 's ochtends naar de crèche te brengen, maar dat wil ik niet. Sarai hoort bij mij.

'Zal ik Sarai een half uurtje meenemen?' vraagt Emma.

'Waarheen?' vraag ik wantrouwig.

'Even lekker de tuin in bijvoorbeeld?' stelt Emma voor. 'Heus, Nadia,' gaat ze verder, 'je moet leren om Sarai een beetje los te laten. Hoe wil je dat straks in september gaan doen, als je hele dagen naar school moet?'

Ik haal mijn schouders op. Natuurlijk heb ik daar wel aan gedacht, maar ik wil er niet aan denken. Het kan niet anders, dan zullen Sarai en ik overdag gescheiden zijn.

'Oké, een half uurtje dan,' geef ik met tegenzin toe en ik spring overeind om haar jasje te pakken.

Als Emma met Sarai weg is, voel ik me vreemd onrustig. Sinds Karim bij me wegging, is Sarai vrijwel altijd bij me geweest.

Casablanca

Doelloos hang ik in de kleine flat rond. Om de tijd te doden en om niet voortdurend na te hoeven denken heb ik hem van top tot teen schoongemaakt, maar daarmee was ik in zo'n drie uur helemaal klaar.

Ik heb de televisie aangezet, maar ik kan me nergens op concentreren. Naast verdriet en ongeloof, groeit er ook woede. Hoe kán hij dit doen? Wat ongelooflijk hufterig. En wat gaat er nu gebeuren? Hoe gaat het verder? Ik ben bang, bang en nog eens bang.

Aan het eind van de middag wordt er op de deur geklopt. Ik krijg een doodschrik. Nordin?

'Nadia!' Het is de stem van Ali.

Ik doe de deur open.

Ali komt binnen met in de ene hand een tas boodschappen en in de andere een stapeltje boeken. Hij bekijkt me met een blik vol medelijden en van zijn gewone bravoure is weinig te zien.

'Gaat het een beetje?' vraagt hij.

'Jij wist natuurlijk ook van dat huwelijk. Waarom heb jij niks gezegd?'

'Het zijn mijn zaken niet, wat mijn neef uitspookt,' antwoordt Ali. 'En bovendien, een tussendoortje moet kunnen, maar ik vind het wél klote dat dit nu net iemand als jij overkomt. Helpt het als ik zeg dat mijn neef zich ontzettend schuldig voelt?'

'Wat denk je zelf?' reageer ik boos. 'En wat bedoel je met een meisje als jij?'

'Een meisje dat net zoveel ellende achter de rug heeft. Mag ik zeggen dat ik het allemaal heel rot voor je vind?'

Ik haal mijn schouders op.

'Karim is de hele dag druk bezig geweest,' zegt Ali. 'Als het allemaal lukt kun je over twee weken naar Nederland vertrekken. En kijk eens hier!' Hij legt een paar boeken voor me neer. 'Nederlands en Engels voor beginners. Om je voor te bereiden en om de tijd een beetje te doden. Heeft Karim voor gezorgd'

'Oké, nou bedankt,' zeg ik afwerend. Het liefst zou ik weigeren, maar aan de andere kant wil ik de boeken dolgraag hebben.

Ali is duidelijk een beetje met zijn figuur verlegen. 'In deze tas zit eten en zo. Zal ik vanavond bij je blijven eten?'

'Jij?' Een beetje verbaasd neem ik hem op. Van zijn flirterige gedrag en grapjes is weinig meer over.

'Ik heb Karim beloofd een beetje op je te passen,' zegt hij.

'Waarom?'

'Karim en ik zijn als broers,' zegt Ali. 'Hij heeft verdriet, dus ik heb verdriet en als hij vraagt jou te helpen, dan doe ik dat.'

'Ik wil alleen zijn,' zeg ik.

'Oké, ik snap het,' zegt Ali. 'Morgen kom ik weer.'

Ik zeg niets.

Als Ali weg is, zet ik de boodschappen in de koelkast en maak iets te eten. Couscous met kip. Ik eet een beetje en kijk in de boeken. Ik weet nog best het een en ander en ik vind het, net als

vroeger, fijn om te leren. Het leidt me een beetje af van alle ellende, een beetje maar, want steeds weer strijden boosheid en
wanhoop om voorrang. En bovendien ben ik bang, bang om
mijn land te verlaten terwijl ik tegelijkertijd weet dat dat nog de
enige kans is op een goede toekomst.

Nederland

Mijn vingers trillen als ik de telefoon opneem en mijn hart slaat op hol als ik hoor dat het mijn coach van e-learning is.

'Gefeliciteerd, Nadia, je bent geslaagd!'

En als ik niks zeg, voegt hij eraan toe: 'Je hebt je vmbo-tl diploma binnen. Je kunt je inschrijven voor mbo-v. Over drie jaar ben jij verpleegkundige!'

'O,' stamel ik. 'O.' Ik kan het bijna niet geloven dat ik nu echt kan beginnen. Of nu, na de zomervakantie over acht weken, bedoel ik. Acht weken nog, als het aan mij lag startte ik vandaag.

Ik luister naar de cijfers die me voorgelezen worden. Nederlands een zeven, Engels een acht komma vijf en Frans ook. Wiskunde een negen komma drie. Biologie een acht komma zeven en NaSk, mijn extra vak, een zeven komma acht.

'Je hebt een fantastische lijst,' hoor ik mijn mentor zeggen. 'Zou je niet nog een havo-diploma of zelfs een atheneum-diploma willen halen?'

'Nee,' zeg ik, 'nee. Ik wil verpleegkundige worden. Ik wil leren én werken.' Ik doe mijn ogen dicht en in gedachten zie ik mezelf in een smetteloos wit pak aan een bed staan. Mijn droom, nu zo dichtbij.

'Dat ís ook een prachtig beroep,' zegt de stem aan de andere kant, 'maar je hebt de capaciteiten om dokter te worden.'

'Nee,' zeg ik nog een keer. 'Ik word verpleegkundige.'

Hij lacht. 'Ik weet het, maar ik wilde je toch nog een keer zeggen dat je meer kunt.'

'Ik weet het ook,' zeg ik, 'u heeft het vaker gezegd, maar ik wil echt niet.'

Ondertussen is bijna iedereen binnengekomen. Alle meiden en Emma en Anniek, de twee groepsleidsters die dienst hebben.

Anders is het altijd een gekwebbel van jewelste, maar nu is het doodstil en zit iedereen gespannen naar mij te kijken.

'Gehaald!' zeg ik, nadat ik de telefoon heb neergelegd.

Iedereen valt mij gillend om de hals en het is zo'n herrie dat Sarai, die in de box zit, begint te huilen.

Zodra ik haar oppak, wordt ze stil. Voorzichtig wrijf ik met mijn duim de tranen van haar wangen.

Ik ben zó blij. Dit, dit diploma kan niemand mij meer afpakken, wat er verder ook gebeurt. Mijn toegangskaart voor een hoopvol leven voor Sarai en mij is duur betaald, maar het is zijn prijs waard.

Casablanca

Zodra ik wakker ben, weet ik het. Vandaag ben ik zestien jaar (maar dat weet niemand, behalve ikzelf) én ik verlaat Marokko. Precies drie weken nadat Karim zijn brief heeft achtergelaten. Het heeft meer tijd gekost dan verwacht om alles rond te krijgen.

Karim is inmiddels getrouwd en woont nu in Rabat. Ali was natuurlijk op de bruiloft, maar hij heeft me er weinig van verteld. Alleen dat Karim hem had gevraagd hoe het met me ging en dat hij had geantwoord: 'Naar omstandigheden goed.'

Dat is waar. Naar omstandigheden gaat het goed. Mam en Nora zijn geen moment uit mijn gedachten en ook Karim mis ik verschrikkelijk, maar mijn boosheid over wat hij me heeft aangedaan vertroebelt dat gemis. Niet altijd natuurlijk. Soms ook vind ik mezelf een onnozele hals. Hoe kon ik zo stom zijn te denken dat Karim en ik samen...

Ali, die trouw elke dag langskomt, heeft gezegd dat Karims huwelijk een verstandshuwelijk is, dat al tussen zijn en haar ouders overeengekomen is, toen Karim nog een kleuter was. Het is een huwelijk met een meisje van even goede komaf als hijzelf. Dat hij op mij verliefd is geworden en dat ook nog steeds is, maar dat zijn ouders een huwelijk met mij nooit zullen goedkeuren. Ze zullen de schande van een eerschending nooit te boven komen. Wat heb ik daaraan? Mijn ouders hebben toentertijd wèl voor elkaar gekozen en hadden daar een breuk met de familie voor over. Karim is een slappeling en ik voel me diep, heel diep vernederd.

Een keer heb ik zijn kaartje gepakt. Naar zijn foto kijken wakkerde én mijn verlangen én mijn boosheid aan. Ik wilde hem bellen, maar deinsde op het laatste moment terug. Wat zou ik moeten zeggen? Hij zou toch niet van gedachten veranderen, wat had dat dan voor zin?

Ik doe steeds mijn uiterste best om me op de toekomst te richten. Straks kan ik mijn droom verwezenlijken. The second best. Ik wil het graag, maar tegelijkertijd vind ik het doodeng. Een land dat ik niet ken en waar alles anders is.

Over een dag of wat al, ben ik drieduizend kilometer verderop. Ik zal de reis per busje afleggen, samen met nog een paar andere meisjes, zoals Ali me heeft verteld.

Twee meisjes gaan in Antwerpen als au pair werken, twee meisjes worden serveerster in een Parijs' restaurant en één meisje, Jamina, gaat net als ik naar Nederland. Zij gaat daar in een verzorgingstehuis werken.

Ik ga douchen en trek schone kleren aan. Ali heeft me wat dingen gebracht. Een paar vestjes, een jurkje, een lange broek en wat toiletspulletjes. Met langzame halen borstel ik mijn haar. Het is zo lang dat het bijna op mijn billen hangt. Verleden week heb ik de dode punten eraf geknipt. Ik heb de crèmespoeling, die bij de toiletspulletjes zat, gebruikt zodat het begon te glanzen zoals het de laatste paar jaren nooit meer geglansd heeft.

Ik kijk ernaar in de spiegel en droom met open ogen. Stel dat Karim nu opeens zou binnenlopen om te zeggen dat het allemaal een vergissing is geweest. Dat hij van mij houdt en met mij verder wil...

Ach, dat zou het alleen maar moeilijker maken. Ik weet niet eens of ik dan nog wel voor hem zou kiezen. Misschien wel, maar misschien ook wel niet. Wat hij mij heeft aangedaan, is zo... zo krenkend. Ik wil daar niet meer aan denken. Ik wil sterk zijn. Per slot van rekening verlaat ik het land waar ik geen kansen heb en ik ga naar een land waar de kansen voor het oprapen liggen.

Maar meteen grijpt de wanhoop, die steeds klaarstaat om toe te springen, me bij de keel. Ik verlaat dan wel het land waar ik geen kansen heb, maar ook het land waar ik geboren ben, waar ik gelukkig ben geweest met pap en mam. Het land van mijn kindertijd, van Nora mijn lieve zusje, en ook het land van Karim.

Daar in het verre Nederland ken ik niemand. Nou ja, Hasna woont er, maar die heb ik in geen jaren gezien.

Karim moet ik blokken, dat hoofdstuk is afgesloten. Jaja, makkelijker gezegd dan gedaan.

Er wordt op de deur geklopt. Ali.

'Kom, we moeten gaan,' zegt hij, als ik opendoe. 'Heb je alles?'

'Ja.' Ik wijs op mijn twee plastic tassen die al bij de deur klaarstaan.

'Je paspoort?'

'Ook.'

'Laat me voor de zekerheid nog even zien. Zonder dat kom je het land niet uit.'

'Dacht je misschien dat ik hier stiekem toch blijven wilde?'
vraag ik zuur.

Hij haalt zijn schouders op.

Ik pak mijn handtas, een afdankertje van Ali's oudste zus, die
ze al had weggegooid, maar ik ben er blij mee. De tas is nog best
mooi. Mijn boeken Engels en Nederlands zitten erin, mijn toiletspulletjes en verder het medaillon en het kaartje van Karim,
veilig weggestopt in een afsluitbaar binnenvakje.

Ik haal mijn paspoort eruit en laat hem zien.

Volgens Ali was het nog een heel gedoe om het te regelen, omdat
er dus een handtekening van mijn ouders voor nodig was. Het
schijnt dat Karim er heel wat voor heeft moeten betalen. Volgens
Ali geen probleem, omdat Karim geld genoeg heeft. Hij heeft
ook mijn visum betaald. Officieel is dat door iemand in Nederland voorgeschoten, maar die krijgt het dus weer vergoed van
Karim.

'Kijk, ik heb eten voor je voor onderweg en een paar flessen
water.' Ali geeft me een derde plastic tas.

En dan gaan we.

Als we op de afgesproken plek komen, staat er een oud, krakke-
mikkig busje klaar. Ik maak kennis met de chauffeur, een wat
dikkige man van een jaar of dertig die sterk naar goedkope af-
tershave ruikt. Farouk heet hij en hij doet veel te aardig tegen
mij. Bah!

Er zijn al drie meisjes en al heel snel komen de andere twee die ook meegaan. Alle meisjes hebben hun vader of moeder bij zich.

Farouk zegt dat hij wil vertrekken omdat hij de boot wil halen.

Ali geeft me een hand. 'Het ga je goed, Nadia,' zegt hij.

Even voel ik me diep wanhopig. Het laatste vertrouwde gaat van me weg. Het laatste stukje Marokko. Vanaf nu ben ik op mezelf aangewezen.

Ali schraapt zijn keel. 'Ik moest je van Karim ook het allerbeste wensen,' zegt hij dan.

Mijn gezicht vertrekt even bij het horen van die naam. 'Wens hem van mij maar veel geluk met zijn vrouw van goede komaf,' zeg ik bitter.

Ik leg mijn twee plastic tassen in de kofferruimte, de tas met het eten en mijn handtas houd ik bij me en ik stap in de bus. Ik kruip helemaal achterin bij het raam. Als alle meisjes zitten, start Farouk het busje. De motor slaat drie keer af, voordat hij eindelijk hortend en stotend aanslaat.

Ik zwaai naar Ali totdat ik hem niet meer kan zien.

Farouk heeft er goed de vaart in.

Eerst nog een beetje aarzelend, maar gaandeweg enthousiaster maken de meiden kennis met elkaar en weldra is het een gepraat van jewelste. Ze vertellen allemaal over wat ze gaan doen en de verwachtingen zijn hoog gespannen.

Als ik zie dat we ter hoogte van Rabat zijn, word ik stil. Hier woont Karim nu samen met zijn vrouw. Ik staar naar buiten en zie de stad voorbijglijden.

'Wat ben je stil?' Het meisje naast me tikt me op de schouder.

'Heb je nu al heimwee?'

'Een beetje,' zeg ik.

'Straks heb je geen tijd meer om heimwee te hebben,' zegt ze. 'Ik ga in Parijs in een restaurant werken en sparen. Mijn moeder moet geopereerd worden, maar daar is geen geld voor. Als ik genoeg gespaard heb, ga ik terug. Jij?'

'Ik weet het nog niet,' zeg ik, 'mijn ouders leven niet meer.'

'Och,' zegt ze verschrikt.

'Ik word verpleegster,' zeg ik tegen haar.

'Ieuww, voor zieke mensen zorgen,' zegt mijn buurmeisje. 'Eng.'

'Het lijkt me geweldig!' zeg ik een beetje fel. 'Het mooiste beroep dat er bestaat.'

We zijn inmiddels Rabat voorbij en razen over de snelweg in de richting van Tanger, de plaats waarvandaan de boot vertrekt naar Zuid-Spanje. Nog een paar uur, heeft Farouk gezegd, toen een van de meiden vroeg hoelang het nog duurde voor we bij de boot zouden zijn.

Als iemand vraagt of we even kunnen stoppen omdat ze moet plassen, schudt hij zijn hoofd. 'Bij de boot kun je plassen,' zegt hij. 'Wen er maar aan dat we niet voor elk wissewasje de bus aan de kant zetten, anders komen we er nooit.'

Het meisje zwijgt beteuterd.

'Hallo,' zegt een ander, 'als je toch moet.'

'Dan leer je het maar op te houden,' zegt Farouk en hij geeft een extra dot gas.

We zwenken van de rechter- naar de linkerrijbaan en weer terug.

'Ik geloof dat ik moet kotsen,' zegt een van de andere meisjes.

Ik kijk naar haar en ze ziet spierwit.

'Diep ademhalen,' zeg ik.

Farouk vloekt. 'Je kotst niet in mijn auto.'

'Ja, hallo, als je toch moet,' zegt het meisje dat dat daarnet ook al zei, nog een keer.

'Ze ziet wel heel erg wit,' voeg ik eraan toe.

Farouk vloekt opnieuw en stuurt de auto naar de kant.

Het meisje rukt wanhopig aan het portier, maar het lukt haar niet om hem te openen. Farouk springt uit de auto en opent het portier van de buitenkant. Het meisje tuimelt bijna naar buiten en keert vervolgens haar maag om. Ik kijk naar haar en voel mijn maag ook omhoog komen. Bijna struikelend bereik ik de deur en klim naar buiten. Net op tijd.

'Altijd hetzelfde gelazer!' moppert Farouk. 'Er zijn altijd wel een paar die moeten kotsen. Hier!' Hij haalt uit zijn broek een strip vol pilletjes. 'Tegen wagenziekte. Neem er maar een.' Het meisje en ik nemen een pilletje aan.

'Nog meer liefhebbers?' roept Farouk naar binnen.

'Het zou ook helpen als je wat rustiger reed,' zegt een van de meiden vinnig.

'Ik rij zoals ik rij,' zegt Farouk.

Er zijn nog twee meisjes die uit voorzorg alvast een pilletje nemen. Ondertussen staat Farouk aan de kant van de weg te plassen.

'Gedver,' zegt een van de meiden.

'Als je nog moet plassen, moet je dat nu doen,' zegt Farouk terwijl hij weer plaatsneemt achter het stuur.

'Waar dan?' wil een van de meisjes weten.

'Gewoon naast de auto,' grijnst Farouk. 'Volgende stop is bij de boot.'

We kijken elkaar aan en niemand maakt aanstalten.

'Deuren dicht, we gaan verder!' Farouk start de motor.

We hebben de deuren nog niet gesloten of hij trekt zo abrupt op, dat we hard tegen de rugleuning worden geduwd.

Ik denk aan de komende uren. Ik voel me nog steeds misselijk en we moeten nog minstens dertig uur rijden voordat we in Nederland zijn. Dertig uur...

In de haven van Tanger is het een drukte van belang. Er staan lange rijen auto's te wachten. Gelukkig heeft Farouk in Casablanca al voor de tickets gezorgd want ook bij de paar loketten die er open zijn staan rijen en rijen met wachtenden, rijen die maar nauwelijks lijken te slinken. Het enige wat we nog moeten doen is een formuliertje invullen met onze gegevens.

Farouk is gespannen. Hij kijkt zoekend rond. Blijkbaar bevalt hem niet wat hij ziet, want hij vloekt binnensmonds. Hij stapt uit, loopt een stukje naar links en een stukje naar rechts en stapt weer in. Dan wordt opeens de deur van het busje opengeschoven en kijkt er een man in uniform naar binnen.

Farouk en hij begroeten elkaar uitbundig. De man keurt ons verder geen blik waardig, bekijkt alleen onze paspoorten en neemt de ingevulde formuliertjes in.

'In orde,' zegt hij.

'Ja,' zegt Farouk, 'wat dacht je dan?'

De man gaat op de passagiersplaats voorin zitten, leidt Farouk naar een rij helemaal aan de buitenkant en dan rijden we al snel de boot op. Zodra Farouk het busje heeft geparkeerd, overhandigt hij de man een enveloppe en dan nemen de beide mannen afscheid.

We gaan het busje uit en zoeken een plaatsje boven op het dek. De zon schijnt heerlijk en er staat een straffe wind.

Na een poos gaan de motoren draaien en vaart de boot de haven uit. De overtocht duurt maar kort, hooguit een uur. Mijn ogen glijden over de Marokkaanse kustlijn. Dag, zeg ik in mezelf. Dag pap, dag mam, dag Nora en ook, dag Karim. Ik knijp mijn handen zo stijf om de stang van de reling dat mijn knokkels wit worden. Nee, ik hoef geen afscheid van ze te nemen... De vier liefste mensen van de wereld varen met me mee, veilig opgeborgen in mijn hart.

Als we van de boot afrijden, rijdt Farouk weer naar de buitenste rij en al gauw stapt er weer een man in uniform in die ons buiten alle wachtenden om door de douane loodst.

En dan zijn we in Europa.

Spanje

Die nacht slapen we in een morsig hotel, met zes meiden op een driepersoonskamer. Het is er bloedjeheet en het is benauwd om met z'n tweeën in een eenpersoonsbed te moeten liggen. Benauwd en plakkerig.

Steeds als ik mijn ogen sluit, voel ik weer de zoevende wielen onder mij en het gehots in het voortrazende busje. Het duurt lang voordat ik in slaap val.

Parijs

Midden in de nacht rijden we, na een lange vermoeiende rit, Parijs binnen. Het busje slingert soms als een gek, en ik verdenk Farouk ervan dat hij af en toe gewoon een beetje zit te dutten.

'Slaap je?' vraag ik hem af en toe en hij snauwt steeds als antwoord: 'Natuurlijk niet!'

De andere meisjes zijn een poos geleden al in slaap gevallen en ik ben naast Farouk gaan zitten.

'Nemen we een hotel?' vraag ik.

'Denk je dat het geld me op de rug groeit?' vraagt hij. 'Ik ken hier iemand waar we kunnen slapen.'

Na een poos rijdt hij een obscuur straatje in en stopt voor een oud, vervallen pand.

De andere meiden schrikken wakker.

'Parijs, dames!' zegt Farouk. 'En onze slaapplaats voor vannacht.'

De twee meiden die hier gaan werken, zijn meteen klaarwakker.

'Waar is het restaurant?' gaapt er een.

'Dat zul je morgen wel zien,' belooft Farouk. 'We gaan nu eerst slapen.'

Hij stapt uit en bonst op de deur van het huis. Een bel is er zeker niet. Ondertussen graaien wij onze tassen bij elkaar en stappen ook uit. Het duurt lang, maar uiteindelijk wordt de deur opengedaan door een slonzig uitziende vrouw. 'Kon je nog later komen?' snauwt ze tegen Farouk. 'Het is midden in de nacht, man.'

'Zeur niet,' zegt Farouk. 'Wees blij dat ik er ben, met dit hier.' Hij wijst op de meisjes.

'Welke blijven hier?' wil de vrouw weten.

'Deze twee.' Farouk trekt de twee meiden die in Parijs blijven naar voren.

De vrouw knikt goedkeurend.

'Ik wil die ook nog wel.' De vrouw wijst op mij. 'Wat een mooie meid.'

'Les Pays Bas,' zegt Farouk.

'Hoezo?' vraag ik.

Farouk schrikt een beetje. 'Wat hoezo?' Hij heeft zich natuurlijk niet gerealiseerd dat ik een beetje Frans ken.

'Ik ga in Nederland een opleiding tot verpleegkundige doen,' zeg ik tegen de vrouw.

'Tuurlijk schat,' zegt ze snel. Farouk geeft haar een knipoogje dat ik vanuit mijn ooghoek opvang. Het geeft me een vervelend gevoel.

De vrouw brengt ons naar een kamer waar een stuk of tien matrassen vol vlekken op de grond liggen. Dekens liggen op een slordige stapel in een hoek. Een paar meisjes pakken al een deken, slaan hem open en beginnen spontaan te niezen van de stofwolken die zijn ontstaan.

'Jek,' zegt een van de meisjes. 'Wat is het hier smerig.'

Om beurten poetsen we onze tanden met een dun, steenkoud straaltje water.

'Ik ben ongesteld,' klaagt een van de meisjes. 'Ik wil me zo graag wassen.'

'Ja, dat kan niet,' zegt een ander.

'Vraag het aan Farouk,' zeg ik.

'Ik ga echt niet tegen die engerd zeggen dat ik ongesteld ben,' zegt het meisje.

'Zeg het dan tegen die vrouw,' stel ik voor en ondertussen denk ik: ongesteld, ongesteld, hoe lang is het eigenlijk geleden dat ik dat was? Ik heb vanaf mijn veertiende onregelmatige bloedingen, maar de laatste was toen ik nog met mam en Nora in de bidonville woonde. Een eeuwigheid geleden. Toen ik het voor de eerste keer werd, zei mam dat ik nu groot was en dat ik op moest passen met jongens, maar ze zei niet waarom en ze legde ook niet uit hoe of wat. Maar dat kon ik zelf wel bedenken. Het is net als met honden, als de vrouwtjes bloed verliezen, krijgen ze de

mannetjeshonden achter zich aan en kunnen zwanger raken.
Dat had ik vaak genoeg gezien. Dus nam ik me voor om, als ik
ongesteld was, uit de buurt van jongens te blijven.

Toen, met Karim, was ik niet ongesteld.

Er wordt op onze deur geklopt en nog voordat iemand nog maar
'ja' kan zeggen wordt deze al opengeduwd.

Het is de vrouw van daarnet. Ze brengt ons crackers en een paar
pakken sap.

'Kan ik me ergens douchen?' vraagt het meisje dat ongesteld is.

'Morgenochtend,' zegt de vrouw.

'Maar ik ben ongesteld,' protesteert het meisje.

'Morgenochtend,' zegt de vrouw nog een keer.

Zonder verder nog iets te zeggen verlaat ze de kamer.

We eten een paar crackers en drinken van het sap. Daarna pak
ik ook zo'n vieze deken en ga met kleren en al op een van de matrassen liggen.

De volgende morgen wordt er al vroeg op de deur gebonsd.
'Wakker worden, we gaan verder.' Het is de stem van Farouk.
Slaperig komen we overeind. Meteen word ik overvallen door
een golf van misselijkheid en ik kan nog net op tijd de wc bereiken. 'Het meisje dat ongesteld is, mag als enige douchen, de rest
niet. Als iedereen klaar is, stommelen we met onze bagage naar
beneden.

De vrouw duwt ons allemaal een flesje water in onze handen en
weer een paar pakken crackers. 'Goede reis,' zegt ze.

We nemen afscheid van de twee achterblijvers, wensen hun veel succes en klimmen in het busje.

Het kost nog heel wat tijd om Parijs weer uit te komen, want het is loeidruk. Farouk heeft de radio aan en de muziek schalt door het busje. Een paar meiden deinen vrolijk mee met de beat van de muziek. Ik niet.

Ik zit weer helemaal achterin en voel me nog steeds misselijk. De crackers en het water hebben wel wat geholpen, maar het gammele gevoel blijft. Dat komt natuurlijk door het geschud van het busje.

Jamina, het meisje dat ook naar Nederland gaat, zit naast me. 'Ik ben zo benieuwd,' zegt ze. 'Jij?'

Ik knik.

'Ik hoop maar dat we niet in zo'n krot hoeven te wonen als we vannacht hadden,' zegt ze.

'Hoop ik ook.' Ik zeg maar niet dat ik krotten gewend ben. Ze had ons huis in de bidonville eens moeten zien. Vergeleken daarmee was dat van vannacht nog redelijk.

'Knap hoor, dat jij verpleegster wilt worden. Ik ga oude mensen helpen.' Ze trekt even haar neus op. 'Ik was liever danseres geworden,' zegt ze dan, 'of desnoods serveerster in een restaurant, maar dat vonden mijn ouders niet goed. Nou ja, niks aan te doen.'

'Nee,' zeg ik.

'Die jongen die jou wegbracht, was dat je broer?'

'Ja.' Ik heb geen zin om over Ali te praten en wat zou ik ook moeten zeggen? Bovendien, hij heeft zich ook als een broer gedragen en me zoveel mogelijk geholpen.

'Ik hoorde dat je ouders niet meer leven. Wat erg voor je.'

'Ja.' Ik hoor zelf hoe kortaf mijn stem steeds klinkt. 'Sorry,' zeg ik, 'ik kan er niet goed over praten.'

Jamina legt even haar hand op de mijne. 'We gaan het vast en zeker hartstikke goed krijgen in Nederland.'

Amsterdam

Om een uur of vijf rijden we Amsterdam binnen. We hebben een paar uur oponthoud in Antwerpen gehad om daar de twee meiden die daar gaan werken af te zetten.

Het is spitsuur dus we schieten niet hard op, maar eindelijk stoppen we voor een soort van café met een lichtgevend uithangbord met daarop in flikkerende neonletters: Moulin Rouge.

'We zijn er,' zegt Farouk. 'Hierboven gaan jullie wonen.'

'Hier?' vraag ik met een uithaal.

'Da's in Nederland heel normaal.' Hij belt aan. Een jongere, veel slankere versie van Farouk doet open. Hij geeft Jamina en mij een hand en stelt zich voor als Nicolas.

Jamina is onder de indruk. Ik zie het aan de manier waarop ze tegen hem lacht. Maar Nicolas heeft meer oog voor mij.

'Daar hebben we het zustertje van Karim,' zegt hij en hij knipoogt. Er gaat een schokje door me heen bij het horen van de naam Karim, die ik zoveel als ik kon had geblokt.

'Ken je hem?' vraag ik.

'O ja,' antwoordt Nicolas, maar hij vertelt niet hoe of wat.

'O,' zeg ik.

'Zeg dat wel,' zegt hij en hij lacht me vriendelijk toe.

Ik voel me iets geruster over de plek waar we komen te wonen. Hij weet in elk geval dat ik verpleegster wil worden.

'Ze is inderdaad een prachtexemplaar, Farouk. Je hebt niets teveel gezegd.'

'Hallo,' zeg ik. 'Ik ben geen koe.'

Om die opmerking moeten Farouk en Nicolas heel hard lachen. Ik voel me opnieuw ongemakkelijk worden. Wat zijn dit voor kerels? Ze lijken op de vrienden van Nordin, die konden ook zo kijken en lachen. Ik doe m'n uiterste best de paniek het hoofd te bieden. Dat Farouk en Nicolas zo lachen en kijken, wil nog niet zeggen dat ze slechte bedoelingen hebben.

Nicolas laat ons de bovenwoning zien. Het is overal rommelig en niet erg schoon, maar vergeleken met Parijs is het keurig. Nicolas vertelt dat er nog vier meisjes wonen en dat het tot hun taak behoort en vanaf nu dus ook tot de onze, om het huis schoon te houden. Jamina en ik krijgen samen een piepklein kamertje op de bovenste verdieping, waarin een stapelbed staat, een kast en een klein tafeltje met een stoel.

'Daar kun je aan werken,' zegt hij.

Die opmerking stelt me een beetje gerust.

Nicolas zegt dat hij met Farouk een biertje gaat drinken en hij sommeert ons onze tassen uit te pakken en dan naar de keuken te komen.

Als we onze tassen leeg hebben, gaan we de trap af naar beneden. Op de gang horen we Nicolas en Farouk praten. Het gaat over een nieuwbouwproject in Marokko, waarvoor veel geld nodig is.

De mannen zwijgen als we binnenkomen en Nicolas schenkt voor ons een mierzoet drankje in. Ik vind het niet erg lekker maar Jamina heeft haar glas in een mum van tijd leeg en Nicolas schenkt hem even hard weer vol.

'Wanneer ga ik in het ziekenhuis beginnen?' vraag ik.

Nicolas en Farouk wisselen een snelle blik. 'Zo snel mogelijk,' zegt Nicolas terwijl hij zijn arm om me heenslaat. 'Zo snel mogelijk.'

'Is het ver van hier? Hoe kom ik daar? Zorgen jullie voor mijn boeken? Krijg ik speciale kleren?' Een voor een vuur ik mijn vragen op hem af.

'Ik zal voor je informeren,' belooft Nicolas.

Ik kijk hem aan. 'Ik dacht, ik dacht... eigenlijk dat het al geregeld was.'

'Nog niet.'

'Wanneer dan?' wil ik weten.

'Zo snel mogelijk,' zeg Nicolas.

Dat 'zo snel mogelijk' met een grote korrel zout genomen moet worden, blijkt al heel gauw.

De volgende dag worden we uit bed getrommeld door Nicolas.

Ik vind het vervelend dat hij zomaar onze kamer binnenkomt.

'Genoeg geslapen,' zegt hij kort en hij gooit twee lingeriesetjes en twee zwarte jurkjes naar ons toe. 'Schoenen kun je straks beneden passen.'

Ik bekijk de kleding. Een kanten string en een bh en een belachelijk kort en bloot jurkje.

En dan is er geen ontkomen meer aan en dringt de werkelijkheid genadeloos tot me door. Ik ben hier helemaal niet gekomen om verpleegster te worden. Ik ben hier om... om iets waar ik niet aan wil denken en wat ik wanhopig probeer weg te duwen. Ik kán dit niet geloven, dan word ik gek!

'Dat doe ik dus echt niet aan,' zeg ik.

'Dat dacht ik dus wel,' zegt hij. 'Er moet gewerkt worden voor de kost.'

Ondanks het feit dat ik het net al beseft had, schrik ik me toch nog kapot bij deze woorden.

'Hoe, wat?' stamel ik. 'Er is toch voor mij betaald?'

Hij barst in lachen uit. 'Klopt,' zegt hij, 'er is voor je betaald, schat, voor de reis. Maar je denkt toch niet dat je verblijf hier gratis is? Nou wil het toeval dat ik een nachtclub heb, waar je leuk kunt verdienen. Met alleen bedienen werk je voor kost en inwoning, met striptease komt daar een zakcentje bij, maar als je wat meer wilt...' Hij maakt zijn zin niet af en dat hoeft ook niet, ik kan wel raden wat hij bedoelt.

'Dat doe ik niet,' zeg ik beslist.

'En jij?' Hij streelt Jamina over haar wang. 'Jij doet dat toch wel voor mij?'

Jamina haalt aarzelend haar schouders op.

'Ik weet het goed met jullie gemaakt,' zegt Nicolas, 'misschien moeten jullie eerst een avondje kijken hoe de andere meiden het doen. Doe die kleren aan en kom naar beneden. Praten we dan verder.' Hij gaat de kamer uit en sluit de deur achter zich. 'O ja,' hij doet de deur weer open, 'een verdieping lager vind je de douche.' De deur gaat voor de tweede keer dicht.

Ontzet kijk ik Jamina aan en druk mijn hand tegen mijn mond. Een golf van misselijkheid overspoelt me en ik ren naar de wasbak. 'Ik ga dat werk niet doen,' zeg ik, als mijn maag leeg is. 'Nooit.'

'Misschien valt het mee,' zegt Jamina. 'Hij wil toch praten? Misschien...' ze bekijkt de spulletjes, 'hoeven we toch alleen te bedienen. Dat is wel leuk.'

'Je hebt toch gehoord wat hij zei,' zeg ik. 'We moeten strippen en...' Ik maak mijn zin niet af.

'Denk nou niet meteen het ergste. Die Nicolas is echt wel aardig.'

Ik staar haar verbijsterd aan. Keep dreaming.

Als we een half uur later de trap afgaan, voel ik mijn hart in mijn keel bonzen. Ik heb die belachelijke kleren niet aangedaan. Jamina wel.

Er gaat een deur open en Nicolas wenkt ons naar binnen. In de kamer is nog een meisje. Ze ziet er slecht uit met donkere kringen onder haar ogen. Nicolas knikt goedkeurend naar Jamina. 'Mooi!' Hij bekijkt Jamina van top tot teen.

'Wat is dat?' wendt hij zich vervolgens tot mij. 'Past het niet?'

'Ik wil niet,' zeg ik. 'Ik ben hier om verpleegster te worden.'

'Je bent een meisje met een eigen willetje, daar houd ik wel van.' Hij knijpt in mijn wang. Ik trek met een ruk mijn hoofd weg.

'Willetjes zijn er om te breken.' Hij lacht, maar het is geen prettige lach. 'Je hebt het daarnet niet helemaal goed begrepen. Je kúnt ook verpleegster worden, maar niet meteen. Kijk, het werk dat je moet gaan doen, is maar tijdelijk. Als mijn meisjes genoeg verdiend hebben, help ik ze aan iets beters. Maar weet je wat nou zo gek is?'

Ondanks mezelf schudde ik mijn hoofd.

'Als ze eenmaal bij me gewend zijn, willen ze niet eens meer weg. Of wel dan?' Hij trekt het meisje met zwarte kringen onder haar ogen even bij zich op schoot. 'Wil je bij me weg, schat?'

Het meisje schudt zwijgend haar hoofd.

'Zie je nou wel? Mijn meisjes hebben het goed bij mij.' Hij duwt het meisje van zijn schoot en geeft haar een klapje tegen haar bil.

'Maar ik...'

Nicolas strijkt mijn haar uit mijn gezicht en trekt me naar zich toe. 'Ik zal het goed met je maken: word mijn vriendin en je zult het leven van een prinses leiden.'

'Jouw vriendin?' hakkel ik verschrikt. 'Waarom?'

'Omdat je het mooiste meisje bent dat ik ooit gezien heb. Het allermooiste. Iedereen zal jaloers op me zijn.'

Ik zie dat Jamina mij een boze blik toewerpt. Jezus nog aan toe, wat ziet ze in die griezel? Van mij mag ze hem hebben.

Ik schud resoluut mijn hoofd en zie dat zijn ogen zich even vernauwden. 'Dan niet,' zegt hij dan. 'Je komt er vanzelf achter.'

De eerste avonden laat Nicolas me met rust. Maar de vijfde moet ik eraan geloven.

'Alleen bedienen,' heeft hij gezegd.

Maar ook dat is vreselijk. Ik voel me vies in dat belachelijke jurkje en ik zwik op idioot hoge hakken van de een na de ander om bestellingen op te nemen en drankjes te serveren. Na een uur verga ik van de pijn in mijn voeten. De mannen kijken naar me en sommige knijpen me in mijn kont, maar dat vindt Nicolas niet goed. Ik krijg veel fooien. Met hun gore vingers stoppen de kerels dat in mijn bh. Nicolas lacht erom en natuurlijk moet ik dat geld aan hem afdragen. Na een uur mag ik pauzeren. Sommige mannen vragen wat het kost om tien minuten met mij alleen te mogen zijn, maar ook dat handelt Nicolas voor me af. 'Ze is mijn vriendin,' zegt hij en dat is blijkbaar afdoende, want dan druipen de mannen af.

Als ik laat in de nacht in bed lig, kan ik niet stoppen met huilen. Mijn hoofd zit barstensvol vragen en al die vragen ballen zich samen tot een enkele: wist Karim hiervan of is hij er met open ogen ingetuind?

'Wanneer mag ik in het ziekenhuis gaan werken?' vraag ik voor de zoveelste keer, als we midden in de nacht thuiskomen. Ik werk hier inmiddels al bijna twee maanden en ik ben doodmoe en kotsmisselijk. Ik geef bijna elke dag wel een keer over omdat ik het hier zo vreselijk vind, natuurlijk. Alhoewel ik zo langzamerhand besef dat het niet in Nicolas' bedoeling ligt om mij te laten gaan, blijf ik het vragen, misschien in de hoop dat hij daar op een gegeven moment genoeg van krijgt en me dan toch laat gaan.

'Ze zitten hier toch te springen om verpleegkundigen? Ik kon toch zo aan een opleiding beginnen? Het ziekenhuis zou die betalen. Ik...'

Nicolas lacht. Misschien is hij echt verliefd op mij. Ondanks mijn weigering zijn vriendin te worden en ondanks het feit dat Jamina zijn speciale meisje is, wat zoveel betekent als dat hij met haar sekst, doet hij nog steeds aardig tegen mij, aardiger dan tegen de andere meiden. Ik mag van hem extra pauzeren en hij neemt het voor me op als een van de mannen in de nachtclub te ver gaat en me in mijn borsten knijpt of me in mijn kruis wil grijpen.

'Poten thuis,' zegt Nicolas dan.

Het zet kwaad bloed bij de andere meiden. Ik zou misschien wel liever geen voorkeursbehandeling krijgen, maar na een paar uur ben ik zo kapot van het balanceren op die idioot hoge hakken dat het draait voor mijn ogen en ik wel even móét gaan zitten

'Je zou toch voor me informeren?' dring ik aan.

En dan zegt Nicolas iets verschrikkelijks. Hij zegt dat hij dat gedaan heeft, maar dat het allemaal nog niet zo gemakkelijk is vooral omdat nu blijkt dat ik niet de goede vooropleiding heb. 'Maar...' begin ik.

Nicolas trekt me naar zich toe. 'Ik doe je een voorstel,' zegt hij, 'voor de laatste keer. Als je mijn vriendin wordt, ga ik ervoor zorgen dat je die vooropleiding kunt gaan doen. Dat beloof ik je.' Met zijn wijsvinger streelt hij mijn wang. Langs mijn hals glijdt zijn vinger naar beneden over mijn sleutelbeen naar mijn borst.

Ik kan een rilling ternauwernood onderdrukken. Wat moet ik doen? Wat is zijn belofte waard? Wat als dit mijn enige kans is om mijn doel te bereiken?

'Je bent mijn mooiste meisje ooit,' zegt hij. 'Als je mijn vriendin wordt, zul je het hier goed hebben. Mijn vriendin, de verpleegster.'

Mijn vriendin wordt. Met hem naar bed gaat, bedoelt hij.

Mijn gezicht vertrekt en ik schud krampachtig mijn hoofd. Ik kan het niet. Niet met hem.

Opeens wordt Nicolas razend. Ik heb het vaak genoeg gezien als zijn andere meisjes iets deden wat hem niet beviel, maar nog nooit was hij woedend op mij. Hij vloekt en geeft mij onverwacht zo'n harde duw dat ik mijn evenwicht verlies en op de grond val.

Meteen ploft hij boven op me, grijpt me bij mijn polsen en duwt ze aan weerszijden van mijn hoofd op de grond.

'Ik had liever gehad dat je meewerkte, maar zo kan het ook.'

Ik zet het op een gillen en krijsen en dat lijkt Nicolas tot bezinning te brengen want hij rolt van me af.

De andere meiden die al op hun kamers waren, komen op mijn gegil af en kijken zwijgend toe. Van hen heb ik echt geen hulp te verwachten, want ze zijn zonder uitzondering bang. 'Opdonderen allemaal,' snauwt Nicolas, terwijl hij Jamina bij haar pols pakt. 'En jij, hier blijven!'

De meiden druipen af, ik ook. Bij onze kamer kijk ik nog een keer om en vang Jamina's verheerlijkte glimlach op, als Nicolas haar ruw naar zich toetrekt. Die meid is stapelgek geworden. Hoe kán ze...

Op mijn kamer maak ik de balans op. Gevlucht voor Nordin en zijn smerige praktijken, terechtgekomen in een fuik waar ik niet zomaar uit kan ontsnappen, net zo gruwelijk als datgene wat Nordin voor me in petto had. Maar in Marokko had ik mensen die me misschien zouden helpen, Salim in elk geval, hier heb ik niemand. Nicolas zegt dat we van de politie niets hoeven te verwachten, die is op zijn hand. Een keer kwam hij op straat een paar patrouillerende agenten tegen, die hij amicaal de hand schudde. Vrienden. Dat is in Marokko niet anders. Nordin leek ook goede maatjes met de politie te zijn.

Bovendien, ik ken Nederland niet. Zou het echt waar zijn dat je hier meteen in de gevangenis wordt gegooid als je geen paspoort hebt? Die heeft Nicolas ons afgepakt. Niemand van de meiden heeft haar paspoort. Ik moet er niet aan denken in de gevangenis terecht te komen. De gevangenis in Marokko is een hel op aarde waar je je leven niet zeker bent. Volgens Nicolas heb ik niet de goede vooropleiding om verpleegster te worden. Als ik zijn vriendin word, zal hij me helpen... als het waar is.

Zijn vriendin. Ik had Karims vriendin willen zijn. Met hem had ik willen trouwen. Karim, die zo lief, zo zorgzaam leek. Maar hij heeft me bedonderd. Gewoonweg gedumpt.

Maar... zoiets als dit, zou hij me nooit aandoen. Het is onmogelijk dat hij hiervan geweten heeft. En toch, steeds weer steekt er een pijnlijke gedachte de kop op: wat als hij deze val wél voor me heeft opgezet?

Dan is hij niet alleen een slappeling, maar ook nog een crimineel. En dat wil ik niet. De jongen van wie ik zoveel hield, mag geen crimineel zijn.

Mam, help me, het kan toch niet waar zijn dat hij dit wist? Ik haal het medaillon dat samen met zijn kaartje in het binnenvakje van mijn tas zit, tevoorschijn en open het. Lieve pap en mam. Zij waren in elk geval goed en hadden het beste met me voor. En dan pak ik voor het eerst sinds ik weg ben uit Marokko zijn kaartje en kijk er lang naar. De herinnering, het verlangen en de heimwee spoelen in grote golven over me heen.

Ik stop het kaartje en het medaillon terug, rits het vakje zorgvuldig dicht en ga in mijn bed liggen. Ik kruip diep weg en trek mijn knieën op. Het duurt lang voor ik in slaap val.

Als ik de volgende morgen wakker word en overeind kom, voel ik me zo ziek als een hond.

Nog net op tijd kan ik de wc halen en dan braak ik alles uit mijn lijf. Sinds ik hier ben heb ik al vaker gekotst dan in mijn hele leven. Het zijn vast en zeker de angst en het verdriet die me steeds zo misselijk maken.

Als ik uit de wc kom, staat Nicolas er. Hij is razend van woede.

'Hoer,' schreeuwt hij. 'Hier ben je een preutse trut, maar in Marokko was je er dus niet vies van. Zeker met die sukkel van een Karim, die loser, dat stuk onbenul, die dacht dat als hij maar genoeg dokte dat je dan wel goed terecht zou komen.'

Het flitst dwars door mijn benarde positie heen: Gelukkig, Karim wist het niet. Hij is onschuldig!

Voordat ik weet wat er gebeurt, heb ik een slag in mijn gezicht te pakken. 'Gore hoer!'

'Wat, wat bedoel je,' stamel ik.

Nicolas geeft me een tweede dreun in mijn gezicht.

'Ik bedoel dat je zwanger bent, vuile slet. Ik dacht al een poosje dat je wat dikker werd.'

Hij geeft me een stomp in mijn buik. En nog een en nog een.

Een moment ben ik sprakeloos. Geen moment heb ik gedacht aan een zwangerschap, maar nu ineens weet ik dat het waar is. Ik heb ook wel gemerkt dat ik een buikje kreeg. Niet heel veel, maar er is een lichte welving gekomen die er eerder niet was, terwijl ik bijna elke dag wel een keer moest overgeven en ook niet veel at. Ik had mij niet afgevraagd hoe dat kon. En nóg kan ik het nauwelijks bevatten. Ik bloedde niet, dus hoe kan dit?

Nicolaas beukt nog steeds op me in. 'Waarom hij wel en ik niet?'

Ik begin te gillen en net als vannacht komen alle meiden kijken, maar niemand steekt een poot uit om me te helpen.

'Nee!' gil ik. 'Niet doen!'

Nicolas weet echter niet van ophouden. Als een razende ramt hij op me in. 'Hoer,' schreeuwt hij, 'vuile hoer!'

Ik probeer van hem weg te komen en mijn buik zoveel mogelijk te beschermen, maar Nicolas weet niet van ophouden.

'Pas op, de trap!' roept een stem in paniek. Is het een van de meiden die me waarschuwt of ben ik het zelf?

Een nieuwe, dreunende stomp in mijn buik, doet me dubbelklappen en wankelen. Ik maai wild met mijn armen om mijn evenwicht te herstellen, maar kan niet voorkomen dat ik naar beneden duikel. Met een doffe klap kom ik tegen de voordeur tot stilstand. Even blijf ik versuft liggen, maar dan kom ik moeizaam overeind. Ik moet hier weg.

Nicolas heeft het ons verboden om het huis zonder hem of een van zijn zogenaamde vrienden te verlaten en gedreigd geen botje in ons lijf ongebroken te laten als we zijn verbod in de wind zouden slaan, maar ik ben ervan overtuigd dat hij mijn baby helemaal kapot zal maken als ik blijf, want dat er een baby in mijn buik zit, daarvan ben ik overtuigd. Ik voel dat het zo is.

Ik begrijp ineens waarom Karim het niet wilde en ik, sufferd, dacht dat het veilig was.

Ik kom overeind en duw de deur open. Ik hoor Nicolas schreeuwend de trap afbonken. Op straat doe ik een paar passen en dan zak ik in elkaar.

Als ik bijkom, weet ik even niet waar ik ben, maar ik besef al snel dat ik in een ziekenauto lig. Een ambulancezuster is bezig een naaldje bovenop mijn hand in te brengen.

Ik beweeg angstig.

'Sssttt, rustig maar, het is goed,' sust ze.

'Waar...'

'Ziekenhuis,' zegt ze. 'Je hebt geluk gehad dat er net een politiepatrouille door de straat reed. Hoe heet je?'

Ik sluit mijn ogen. 'Nadia,' zeg ik.

'En verder?'

Ik leg mijn hand op mijn buik. 'Baby.'

Ze knikt. 'Het komt goed.'

Ik denk aan alle stompen die mijn buik te verduren heeft gekregen en dan beginnen mijn tranen te stromen.

In het ziekenhuis word ik onderzocht.

'Hoofdpijn? Misselijk?' vraagt de arts.

Ik knik.

Al snel blijkt dat mijn bloeddruk aan de hoge kant is.

De arts smeert een soort van gel op mijn buik en gaat er vervolgens met een apparaatje overheen.

'Kijk, je baby.' Hij wijst op een schermpje.

En dan zie ik een piepklein frummeltje. Mijn meisje, ik weet het zeker. De arts laat me haar hartje horen. Het razendsnelle geklop maakt me diepgelukkig.

'Met de baby is het goed,' zegt hij.

'Echt?' vraag ik.

De dokter knikt.

Ik word naar een kamer gebracht en in bed gestopt.

Ik leg mijn hand op mijn buik. Daaronder groeit mijn baby, mijn meisje... en dat van Karim. Het is het mooiste geschenk dat hij me had kunnen geven. Ik ben niet langer alleen.

Ik lig nog maar net, als er twee vrouwen binnenkomen. Ze geven me allebei een hand en stellen zich voor. Een van de twee is een tolk. Ze is geboren in Marokko. De ander werkt bij de politie. De twee vrouwen zijn verbaasd dat ik de Nederlandse taal redelijk beheers en ze vragen hoe dat kan.

Ik zwijg. Moet ik nu vertellen van vroeger, hoe ik samen met Hasna schooltje speelde en hoe Nederlands en Frans onze geheimtalen waren? Vroeger toen alles nog goed was? Ik weet zeker dat ik, zodra ik daarover begin, moet huilen en dat wil ik niet.

De twee vrouwen vertellen dat er een inval is gedaan in het huis boven Moulin Rouge en dat alle meiden en Nicolas zijn meegenomen. De politievrouw laat me mijn paspoort zien. 'Die is van jou, hè?'

Ik knik.

'Wil je vertellen wat er gebeurd is?' vraagt ze.

'Moet ik naar de gevangenis?' vraag ik bang.

Ze schudt haar hoofd. 'Wil je het vertellen?' vraagt ze nogmaals. En dan vertel ik hoe en waarom ik naar Nederland ben gekomen, maar ik vertel niets over Karim. Mijn Karim, die net zo hard in de val is gelokt als ik.

De dagen die volgen zijn hectisch. De politie wil dat ik aangifte doe tegen Nicolas en zijn broer Farouk, vanwege mensenhandel, mishandeling en aanzetten tot prostitutie. Geen van de meiden van de Moulin Rouge wil dat doen, durft dat te doen. Ze zijn doodsbenauwd voor Nicolas. Ik ook, maar ik ben vooral woedend, woedend omdat ik door hem mijn kindje had kunnen verliezen. Mijn kindje, mijn alles.

Bovendien, als ik aangifte doe en wil getuigen, krijg ik een tijdelijke verblijfsvergunning. En ik wil hier blijven, dus ik doe aangifte.

Ik klamp me vast aan de gedachte dat ik een kindje krijg, een klein meisje. Die gedachte is zo overweldigend dat al het andere er door naar de achtergrond schuift.

Ik moet veel rusten en me regelmatig laten controleren door een gynaecoloog, heeft de dokter gezegd, maar omdat ik niet langer in het ziekenhuis hoef te blijven, word ik van Amsterdam naar het noorden van het land gebracht, naar een opvanghuis voor meisjes. Meisjes die net als ik slachtoffer zijn geworden van gasten zoals Farouk en Nicolas.

Vlak voordat ik Amsterdam verlaat, krijg mijn tassen met spullen terug. Het eerste wat ik doe is kijken in het binnenvakje van mijn handtas. Zowel het medaillon als het kaartje van Karim zijn er nog. Ik breng ze om beurten naar mijn lippen en druk er een kus op.

In het opvanghuis is het goed. Ik ben zoveel als kan op mijn eigen kamer en wil het liefst dat ze me met rust laten. De mensen van het opvanghuis proberen me wel wat aan het praten te krijgen, want dat is volgens hen beter voor de verwerking, maar ik wil het verleden het liefst blokken en mij richten op de toekomst. Emma, mijn coach, zegt dat dat niet goed is, dat mijn toekomst niet goed kan worden als ik het verleden niet verwerk, dus doe ik mijn best om iets te vertellen. Mondjesmaat, zo kort en zakelijk mogelijk, vertel ik stukje bij beetje mijn levensverhaal aan de groep.

Ik kom erachter dat ik niet de enige ben die vreselijke dingen heeft meegemaakt.

Maar praten is gelukkig niet het enige. We krijgen ook bewegingstherapie en creatieve therapie en dat vind ik wél leuk. En wat helemaal fantastisch is, is dat ik hier mijn vmbo-tl diploma kan halen via e-learning. Dat is voor mij de beste therapie.

Mijn buik wordt dikker en dikker en het gaat goed met de baby. Regelmatig ga ik samen met Emma naar het ziekenhuis voor controle. De baby groeit goed. Vanwege mijn bloeddruk zal ik in het ziekenhuis moeten bevallen, maar dat vind ik best.

Hoe het straks allemaal moet als de baby er is, daarover wil ik nog niet denken. Het enige wat ik denk is dat dit kindje in mijn buik het mooiste geschenk is dat ik ooit gekregen heb. Een klein mensje helemaal van mij, helemaal voor mij.

Vol ongeduld loop ik de gang heen en weer. Mara is laat. Het is al vijf over tien en om tien uur zou ze me halen. Ik ga samen met Sarai een lang weekend bij haar logeren. De weekenden bij Mara... elke keer weer kom ik er tot rust. Zó gelukkig dat ik haar heb ontmoet.

Ik heb me inmiddels ingeschreven voor een mbo-v opleiding. Het is een geluk dat ik nog geen achttien ben, want dan had ik me niet zo gemakkelijk in kunnen schrijven, is me verteld. Als minderjarige geniet je veel en veel meer bescherming en kun je naar school. Over vier weken start mijn opleiding. Ik heb er echt zin in.

Sarai gaat naar een kinderdagverblijf. Dat vind ik wel moeilijk, want ik zorg het liefst zelf voor haar, maar dat kan niet anders. Ik zal hele dagen van huis zijn. Gelukkig is ze al niet meer zo heel klein.

Ik zie op mijn horloge dat het nu al tien over tien is. Waar blijft ze nou?

Emma komt de gang in. 'Is ze er nog niet?'

Ik bijt op mijn lip. 'Nee.'

'Joh, ze komt zo heus wel, maak je niet druk. Misschien is de brug open.'

'Welke brug?' vraag ik.

'Gewoon,' zegt ze vaag. 'Of misschien staat ze in de file. Dat kan.'

'Misschien heeft ze wel genoeg van mij. Dat kan ook.'

Emma tikt tegen haar voorhoofd. 'Je bent gek, jij. Natuurlijk heeft ze niet genoeg van je.'

'Nou, het kan toch? Zoveel soeps ben ik nou ook weer niet.'

'Je bent heel veel soeps,' zegt Emma. 'Moet je kijken, je bent een lieve, leuke meid, je hebt al een diploma gehaald en je gaat verder leren. En daarbij heb je de liefste, mooiste en grootste schat die je maar kunt bedenken en je doet het hartstikke goed met haar.'

Ik geef een schopje tegen mijn weekendtas. Het grootste gedeelte van de tas wordt in beslag genomen door spulletjes van Sarai. Voor mij zitten er alleen een tandenborstel, tandpasta, douchegel, wat make-up dingetjes, een nachtpon en een schone onderbroek in.

'Weet je, Nadia,' zegt Emma, 'je bent een krachtige meid! Je hebt je niet klein laten krijgen door Nicolas. Sterker nog, je hebt aangifte tegen hem gedaan én je gaat tegen hem getuigen. Je hebt jezelf en je dochter gered. Dat is heel veel om trots op te zijn.'

'Mam zei ook dat ik sterk was,' zeg ik opeens.

Ik voel aan het medaillon dat om mijn hals hangt.

'En zij kon het weten, toch?' Emma slaat even haar arm om me heen. 'En kijk eens wie daar aankomt?'

'Pfff, er was een ongeluk gebeurd op de ring.' Mara pakt voortvarend mijn weekendtas. 'Waar is Sarai?'

'Die slaapt nog, maar ik zal haar halen.'

Snel loop ik terug naar mijn kamer en til Sarai voorzichtig uit haar bedje. Ik leg haar in de maxi cosi, doe de bandjes om haar schouders en klik de sluiting dicht.

Sarai gaapt een keer. Ze spert haar mondje wagenwijd open, maar slaapt gewoon door.

Wat ben ik blij dat ik haar heb. Het is Nicolas niet gelukt om mij klein te krijgen. Wat haat ik die man! Als het aan hem had gelegen, was Sarai er niet meer geweest. De loser.

's Avonds zitten we met z'n drieën aan tafel. Mara heeft op Marktplaats een kinderstoel op de kop getikt. Ze is dol op Sarai en Sarai op haar. 'Ik ben in één klap moeder en oma tegelijk geworden,' zegt ze.

Ik knik en geniet. Bij Mara is het rustig. Geen geklets en lawaai. Nou ja, Sarai kraait vrolijk en slaat met haar handjes op het tafelblad.

'Ik wil je een voorstel doen,' zegt Mara, 'maar je moet eerlijk zeggen als je het niets vindt.' Ze lijkt opeens wel een beetje zenuwachtig.

Ik kijk haar nieuwsgierig aan.

'Heb je zin om hier te komen totdat je op jezelf kunt te wonen?'

Ik kijk haar ongelovig aan. 'Met Sarai?'

'Ja natuurlijk met Sarai, wat dacht jij? Maar...' Ze zwijgt een moment en gaat dan verder. 'Ik zou het begrijpen als je liever bij de andere meiden blijft wonen, hoor. Natuurlijk is daar meer leven in de brouwerij dan hier.'

'Ik, ik zou het geweldig vinden,' stotter ik. 'Echt.'

Mara's huisje ligt in een rustige straat en het is mooi ingericht. Die inrichting is bijzaak natuurlijk, hoofdzaak is dat ik hier mezelf kan zijn. Dat ik niet hoef te kletsen bijvoorbeeld, als ik daar geen zin in heb.

'Ik zou voor Sarai de kleine rommelkamer leeg kunnen halen en dan kun jij de logeerkamer voor jezelf krijgen.'

'Wow!' Ik ben met stomheid geslagen.

'Ik zou het gezellig vinden,' zegt Mara.

'Ja,' zeg ik. 'Ik ook.' En ik smoor Mara in een berenomhelzing.

Als de wekker afloopt, weet ik het meteen. Vandaag gaat het beginnen, mijn eerste dag op mijn nieuwe opleiding: mbo-verpleegkunde niveau 4, een opleiding van drie jaar.

Ik douche en kleed Sarai aan. Met haar op mijn heup stommel ik de trap af. Mara is al weg, die had een vroege dienst.

Ik snijd een boterham in kleine blokjes en vul de tuitbeker met warme melk. Zelf neem ik alleen een kop koffie. Mijn boterhammen doe ik in een plastic zakje, voor straks in de pauze. Ik kan nu echt geen hap door mijn keel krijgen, want zo meteen moet ik Sarai achterlaten. Die gaat naar een kinderdagverblijf. Ik vind het superspannend, maar ik weet dat ze het er goed zal hebben. We hebben vorige week kennis gemaakt, de ruimte is vrolijk en de leidsters zijn lief. En bovendien, het moet. Ik wil mijn droom laten uitkomen en werken aan een goede toekomst voor Sarai en mijzelf.

Als Sarai haar broodje op heeft, gaan we op weg. Mijn tas met

boeken doe ik in mijn fietstas, Sarai zet ik voorop in het kinder-
zitje en dan fiets ik de straat uit, op weg naar mijn nieuwe leven.

Epiloog

'Ik veroordeel de verdachte tot vijf jaar onvoorwaardelijk met aftrek van het voorarrest. Zo luidt mijn uitspraak.' De rechter slaat met zijn houten hamer op de tafel voor hem.

Het is de uitspraak van de rechtszitting van alweer twee weken geleden. Ik heb drie keer een nachtmerrie gehad waaruit ik gillend wakker werd. Allemaal door Nicolas. De brutale blik waarmee hij me in de rechtszaal taxerend opnam, bezorgt me nog steeds de rillingen.

Twee weken lang heb ik geleefd tussen hoop en vrees. Ik was al gewaarschuwd door de rechter-commissaris, dat de straffen niet idioot hoog zouden uitvallen, maar ik hoopte dat het anders zou zijn.

De drie rechters die twee weken geleden een voor een hun vragen op Nicolas afvuurden en die de andere meisjes en mij onze verhalen lieten vertellen, leken me streng en rechtvaardig en daarom hoopte ik op meer.

Vijf jaar met aftrek van voorarrest. Dat betekent hij na een kleine drie jaar alweer vrij komt. Al die meisjes die zich onder zijn dwang hebben geprostitueerd, voor hen moet deze uitspraak helemaal een klap in het gezicht zijn. Hij drie jaar, zij levenslang. Het is oneerlijk.

Het medaillon voelt koel en troostend in mijn hand.

Ikzelf ben er nog redelijk genadig afgekomen. 'Alleen maar' geronseld, maar niet aan het echte werk gezet. 'Alleen maar' gestompt en van de trap af geslagen, maar ongedeerd gebleven, behalve natuurlijk de blutsen en deuken in mijn ziel.

'Kom!' Mara slaat haar arm om me heen. 'Het is voorbij. We gaan Sarai halen en dan naar huis.'

Als we buiten staan, zet ik mijn mobiel weer aan. Er is een berichtje van Hasna. 'Ik kom vanavond naar je toe xxx Hasna', staat er in haar WhatsApp. Ik WhatsApp haar terug dat dat goed is.

Als Mara en ik bij het kinderdagverblijf komen, komt Sarai meteen naar ons toe. Ik til haar op en zwaai haar door de lucht. Ze schatert het zo vrolijk uit dat ik er helemaal blij van word.

Ik wil niet boos zijn omdat Nicolas er zo makkelijk afkomt, ik wil niet omkijken in wrok, daarmee doe ik niemand een plezier. Sarai niet en mezelf al helemaal niet.

Ik wil leven en trots zijn op mezelf. En later zal ik mijn dochter vertellen over haar vader van wie ik zielsveel hield en die helaas niets weet van haar bestaan. Het kaartje met zijn naam en zijn foto is voor haar. Wie weet....

Nawoord

Verzonnen versus werkelijkheid
De hoofdpersoon Nadia uit *Casablancagirl* is een verzonnen perso-
nage en ook haar verhaal is verzonnen.

Niet verzonnen, maar harde werkelijkheid, is dat er in 2012 in Nederland ruim 1700 gevallen van mensenhandel werden geregistreerd.
Zo'n 40% van alle slachtoffers zijn vrouwen van 18 tot 23 jaar.
Het aantal slachtoffers jonger dan 18 is ruim 200. Tot die ruim 200
behoren én Nederlandse meisjes die in handen vallen van loverboys
én buitenlandse meisjes die onder valse voorwendselen naar Nederland worden gelokt.
Waarschijnlijk gaat het hier om het topje van de ijsberg. Er zouden
wel eens veel meer minderjarige slachtoffers van mensenhandel
kunnen zijn dan we denken. Daarvoor waarschuwt Nationaal Rap-
porteur Mensenhandel en Seksueel Geweld tegen Kinderen Corinne
Dettmeijer: 'Als we zouden kijken naar de leeftijd waarop het slacht-
offerschap begon en niet alleen naar de leeftijd die de slachtoffers
hebben als ze gemeld worden, dan vrees ik dat we een veel grotere
groep jongere kinderen terugzien in de cijfers.'

Fier
In Friesland zit de organisatie Fier. Fier is een expertisecentrum op
het gebied van huiselijk geweld, kindermishandeling, eergerelateerd

geweld, mensenhandel/loverboyproblematiek en vroegkinderlijke traumatisering. De organisatie biedt hulp aan de slachtoffers van deze soorten van geweld. Binnen Fier zijn er verschillende opvangmogelijkheden voor deze jongeren.

Fier probeert mensenhandel stelselmatig onder de aandacht van de politiek te brengen en geeft dus ook daadwerkelijk hulp aan de slachtoffers ervan. Zo heeft Fier een speciaal opvanghuis, Rena, dat een veilige, therapeutische behandelsetting biedt ten behoeve van buitenlandse slachtoffers van mensenhandel tot 23 jaar (en hun eventuele kinderen).

Voor meer informatie over Fier zie de website: www.fierfryslan.nl

Verblijfsvergunning

Slachtoffers van mensenhandel kunnen in Nederland een tijdelijke verblijfsvergunning krijgen, als ze bereid zijn aangifte te doen tegen de dader. Ze mogen dan in elk geval blijven totdat de rechtszaak afgerond is.

Of de tijdelijke verblijfsvergunning wordt omgezet in een permanente, wordt per geval bekeken en beoordeeld. Feit is dat de meeste slachtoffers van mensenhandel uiteindelijk terugmoeten naar het land van herkomst.

Voor meer informatie: http://www.stichtinglos.nl/content/verblijfs-vergunning-mensenhandel-b9.

Gonneke Huizing

augustus, 2013

Dit boek kan gekozen worden door de Jonge Jury 2015

Omslag: Sproud, Haarlem

© Gonneke Huizing, 2013

ISBN 9789025112448

NUR 283